Ti giuro che l’amore c’è

Loredana Frescura

Ti giuro che l'amore c'è

Tre romanzi brevi più una lettera

Rizzoli oltre

I edizione Rizzoli oltre settembre 2008

ISBN 978-88-17-02618-5

Lettera a mio padre

Non ho potuto mai scriverti una lettera.

Dunque è insolito ma anche bellissimo. Ti divertirai a riceverla e forse a leggerla.

A te sono sempre piaciute le storie. Raccontarle ti faceva splendere gli occhi. Io qui non racconto una storia, ma tu ascolta lo stesso. Leggo io, così non devi cercare gli occhiali.

Volevo dirti grazie. Non solo grazie, ma anche grazie. Queste tre storie non sono quelle che mi raccontavi tu, ma sono nate dalla meraviglia che provavo quando ti ascoltavo.

Mi faceva paura la storia di quando i fascisti ubriachi ti

spararono. Avevi tredici anni e molto ancora da capire. Eri sul pianerottolo di casa a guardare l'aia in un tramonto che aveva acceso i pioppi di rosso. Forse avevi fame. Mi raccontavi che avevi sempre fame e che le sette noci che erano la tua cena non bastavano a riempire lo stomaco. Forse pensavi a come fare per lavorare di più. Hai sempre lavorato tanto e certe volte non capivo perché. Sei nato in un tempo davvero duro ma questo non ha indurito il tuo cuore.

I fascisti arrivarono dalla strada dei noci, la più bella strada che io abbia mai visto, papà. Forse non era semplice capire che avevano bevuto, forse avrai pensato che ridevano di qualche storiaccia, che erano allegri per una buona giornata. Erano grandi e tu eri un ragazzino. Così quando uno dei due puntò il fucile verso di te invitando l'altro a fare altrettanto per gioco, ti voltasti per scappare, perché anche se non avevi capito, avevi avvertito il pericolo. Come gli animali. Si riusciva a fiutarlo, allora. Lo si può fare anche adesso, sai, se si sta all'erta. Ma tu sei sempre stato uno che abbracciava la vita con fiducia. Come me.

Arrivò la pallottola sulla spalla. Dolore. Stupore. Desiderio di dormire.

Il resto della storia era ancora più spaventoso. La febbre, la mancanza di medicinali, l'infezione e soprattutto il terrore. Sessant'anni dopo lo raccontavi ancora, e a raccontarlo le lacrime scendevano davanti alle immagini che nessuno di noi riusciva a vedere con tutti i colori e le sfumature al posto giusto.

Mi divertivano le storie delle tue scorribande notturne

con gli amici, a rubare cocomeri o fichi o ciliegie. Ridevo quando imitavi il contadino che vi rincorreva al buio con il bastone in mano, e ti sentivo felice. Felice come quando raccontavi degli aranceti e degli agrumeti di Sicilia, del profumo di zagara, degli spazi dai colori rubati al tramonto. Non sai quanto mi spiace papà che tu non sia mai riuscito a tornare laggiù. Avrei dovuto costringerti e non l'ho fatto.

Provavo una dolcezza infinita quando raccontavi della tua infanzia. Un bambino di troppo, in una famiglia che aveva già tre figlie, e che per questo fu mandato da una zia senza bocche piccine da sfamare.

Ma poi, anni dopo, quando la zia ebbe anche lei tre figli suoi, in quella casa eri di nuovo un bambino di troppo. E non volevi lasciare quelli che sentivi e chiamavi i tuoi fratelli. Non capivi perché. Neppure io lo capivo, papà, ma sentivo il tuo dolore profondo e il tuo stupore. Cosa devo fare per rimanere? chiedevi. Posso lavorare di più. Mangiare di meno. Dormire nel fienile. Scomparire un altro po'. Non ci fu nulla da fare. Nella casa dei tuoi genitori, per le tue sorelle eri quasi un estraneo.

Hai sempre amato tanto i bambini. Li hai sempre rispettati e accolti con il sorriso e con gioia. Capisco perché, lo capisco ora più che mai. Nei bambini vedevi l'unica speranza.

Quando sono diventata insegnante sei stato più che felice perché sapevi che avrei visto quello che tu vedevi da tanto tempo. E come non dirti grazie di questo? Non sei mai mancato a uno spettacolo della mia scuola, dove i bambini recitavano, cantavano e ballavano. A te riservavo una sedia in un angolo. Ti osservavo mentre i bambini recitavano. Sarebbe potuto crollare il tetto, ma tu non ti saresti mosso di lì per nessuna ragione.

Ho sempre sorriso del tuo godere della presenza femminile. Un modo allegro e gioioso di omaggiare le donne come meraviglia dell'esistenza. Dicevi che mamma era bellissima. Dicevi che quando la vedesti per la prima volta la cosa che ti colpì erano i suoi stupendi capelli, lunghi e con i boccoli.

Ho avuto amore dal vostro amore. E ho imparato che l'amore esiste, anche se forse non è per tutti.

Ci sono stati momenti in cui ho avuto timore di te. Mi sembravi lontano e incapace di comprendere ciò che vivevo e ciò che avrei voluto vivere. Forse abbiamo fatto l'errore di non dircelo. C'è stata mamma a lavorare per la serenità. Un lavoro di squadra. Un modello di cooperazione.

Andavamo a vendemmiare insieme. Andavamo insieme a raccogliere pomodori. Insieme andavamo a comprare i libri, e mi portavi sulla Vespa stringendomi tra le ginocchia perché non cadessi. Sulla sella non ti fidavi. A volte sulla sella c'era mamma. Tutti e tre su una Vespa50. E quando è arrivato mio fratello, a volte anche in quattro.

Non volevi che salissi sugli alberi e sui tetti, però poi mi lasciavi andare. Una volta o due ti ho scoperto sorridere tra te e te dopo avermi sgridata.

Hai sopportato molti dolori. Dolori fisici. Un incidente terribile e la tua determinazione spietata a non mollare ti hanno lasciato con noi per altro tempo. Io e mio fratello abbiamo vissuto la tua malattia e la tua caparbia volontà di vivere, e di vivere bene, con stupore a volte. È difficile capire tutto quando si è bambini. E il più delle volte non è neppure necessario. Per noi, invece, credo che lo sarebbe stato. Altri dolori ti hanno colpito fino quasi a distruggerti. Credo che la salvezza sia arrivata ancora una volta dal lavoro di squadra. Avevi scelto bene i tuoi compagni di viaggio.

E quando ho cominciato a scrivere e a pubblicare libri, sei stato vicino a me con l'orgoglio. Una cosina di poco più di cinquanta chili, vissuta sempre in un piccolo paese di mille anime, aveva fatto qualcosa che avvicina all'eterno. Certo, un eterno meno importante di quello che avevo raggiunto con la nascita dei miei figli, ma sempre di eterno si poteva parlare. Ma nello stesso tempo la nostra vita continuava a scorrere nel tempo ordinario, che eterno non è.

La sera, dopo cena, sul divano leggevi le parole che avevo scritto e che anche altri leggevano.

E dei miei viaggi volevi sapere dei luoghi, delle chiese, delle stazioni, della gente, del pane e spesso socchiudevi gli occhi e sapevo che vedevi, sentivi, assaporavi.

Così facevi anche quando Kamal, marocchino venditore ambulante abusivo, passava davanti casa. Ascoltavi le storie della sua terra e chiedevi dei suoi figli e di sua moglie, e qualche volta compravi calze, altre ascoltavi soltanto e poi gli regalavi frutta o insalata del nostro orto.

E per i miei figli sei stato anche padre e hai regalato loro la storia più importante, quella dell'umiltà, perché ci vuol poco per essere maschi, ma per essere uomini, eh, quello è un altro affare. Sapersi fermare a sentire il profumo della salvia e del rosmarino, a chiamare "mamma" la terra, a stringere la mano a un amico nella certezza profonda che mai lo tradirai.

Ecco le mie storie: parlano d'amore e di amici, raccontano di dolori e ingiustizie, descrivono emozioni, conoscono i sentimenti, vivono di allegria e di leggerezza, si vestono del profondo sentire l'anima del mondo... Ecco, papà, come ti somigliano le mie storie. Come somigliano alla tua voglia di speranza, perché sotto la speranza c'è sempre la giustizia.

Io ho i tuoi zigomi e il tuo naso. Soprattutto mi onoro di avere il tuo cuore.

Dicono che i genitori vengono scelti dai propri figli. Non so bene ancora come stanno le cose tra cielo e terra. Ma se fosse vero, allora io, che ho sbagliato tante volte, con te ho fatto la scelta migliore.

E se è vero questo, forse è vero anche che i nipoti scelgono i loro nonni e i miei figli allora hanno fatto una scelta d'amore.

Per sempre grazie.

Loredana

Non mi piace il fatto che sei bella

A mio fratello Fabrizio
con affetto

Uno

Controllo totale. Ci siamo e ricapitoliamo: gonna nera e giubbino di jeans in tinta; scarpe con suola aerata; smalto tricolore all'alluce e al pollice, gocce di profumo sui capelli perfettamente ingommati.

Dovrei piacere, anzi piaccio di sicuro, e se poi non piaccio?

Maledette feste. C'è sempre qualcuna più giusta: le magrone, le truccatone, le altone, finisce sempre che mi capitano vicine e giù a fare confronti mandando in pezzi il mio piccolo io che avrebbe invece bisogno di una cura ricostituente.

Sembra facile a mia madre predicare che devo avere la

giusta stima di me: giusta quanto? come si misura? e soprattutto, quanta ne hanno le altre?

Senza termini di paragoni mi confondo e mi perdo: quella tristezza da vitello abbandonato che mi prende quando le vedo le Altre camminare sicure sui tacconi squadrati senza neppure sobbalzare sulle buchette e sorridere a chi par loro e fare le indifferenti con gli altri, tipo con me.

Sarà perché mi sono trasferita da poco in questa città dove tutti scompaiono in fretta, come se avessero sempre appuntamenti di affari dai quali dipende la loro vita, o, che so io, avrò addosso un odore che respinge le super e soprattutto quelli carini.

Nel paese più o meno eravamo tutti uguali, cioè, mica ti veniva il magone se vedevi Serena, con l'abito a fiorellini fino alle natiche ultracellulitiche, sfrecciare in bicicletta sbracciandosi come una forsennata.

Di amici non ne ho molti, tranne Claudia, ma lei non fa testo, nel senso che è una scartata da tutti, come me. Ci sopportiamo a vicenda, guardandoci in cagnesco, ognuna sperando che alla fine si possa uscire da questa sorte.

Ci hanno invitate alla festa proprio perché non potevano farne a meno – le Altre.

È la chiusura dell'anno scolastico, la classica festa, e mia madre – ahimè – insegnante di sostegno nella scuola ha avuto questa brillantissima idea per far socializzare gli studenti approvata dal Consiglio dei professori e dal Consiglio studentesco, nonché da quello dei ministri, se solo gliel'avesse sottoposta.

Tutto quello che mia madre pensa viene tradotto in successo: è spiritosa quanto basta, è simpatica agli studenti e alle famiglie, è intelligente senza scadere nella saccenza.

Sembra una ricetta di cucina con gli ingredienti giusti per una bella torta che sfami l'intero Paese, dalle Alpi al Mar Ionio.

Per la strada c'è poco movimento: è un sabato sonnecchiante con un'acquetta che vien giù calma e guasta i miei capelli appena fatti.

Claudia è al semaforo che aspetta, con un piede sulle strisce pedonali e l'altro sul marciapiede; tanto lo so che un giorno glielo amputeranno quel piede, che vizio, sembra sempre sul punto di scappare. Certe volte la capisco, altre la accopperei.

«Ciaoo Ro'» ronfa sganasciandosi con le mascelle, preoccupata di non mangiarsi il lucidalabbra alla frutta: mirtilli, penso.

«Aspetta il verde, Claudia, non c'è bisogno che per farti notare ti faccia prendere sotto da una ypsilon 10, scegli caso mai una bella Porsche.»

«Sei sempre la solita musona, ecco, dai, sfrecciamo.»

«Vorrai dire arranchiamo, con le zeppe ci falciano alla prima mossa.»

«Vabbe', forse hai ragione, visto che schianto? il tubo rosa mi sta d'incanto, non trovi?»

Devo assecondarla, sempre per via della stima di sé, altrimenti dovrei rispondere che i dieci centimetri di girovita di troppo sembrano un salvagente per le femminucce che vanno per la prima volta in acqua.

«Che emozione... ci pensi, Ro'? La prima vera festa della nostra vita: voglio dire, con tutti i maschi e senza il matriarcato.»

Chissà perché lei ci tiene tanto a queste mondanità; mi spiace vederla sempre indaffarata a intrufolarsi tra i discorsi degli altri, non gradita, non cercata, quasi compatita.

Eccola lì, la palestra dove la festa è stata organizzata: ci saranno un centinaio di ragazzi e ragazze come minimo; tutti rigorosamente docciati e carichi di adrenalina e ormoni.

Sono vietati gli alcolici, meno male.

Due

Ehi, quanto sono bellooo!

Okay, mica sta a me dirlo, eppure è inutile negarlo: sono uno schianto.

Senza brufoli, alto e asciutto, addominali da copertina di Playgirl, con qualche pelo di barba già bello pizzicoso: nessuna mi resiste!

Baci, baci, baci, tecnica ed esperienza unite a fascino e delicatezza.

Stasera si rimorchia: la più carina, forse Veronica della III D o Alessia coi capelli da sirena o Dalila, quella dei film horror che si veste di nero, originale, ma forse un po' spentina. Ah, ah.

Bravo Gabriele, siamo spiritosi, finemente spiritosi, come direbbe la prof di italiano.

Peccato che l'anno scorso mi abbia bocciato: non fa niente, il mio fascino sta anche in questo!

Donne, donne, donne.

Vero specchio che faccio impazzire anche te? Dimmelo, rispondimi che ti faccio sciogliere in miliardi di scintilline lucenti.

Ecco! La seccatura! Mia sorella che cerca la crema idratante.

«Non puoi entrare quando ci sono io in bagno!» le urlo mentre lei inarca le sopracciglia e aggrotta la fronte frugando tra i vasetti e vasettini dell'armadietto.

«Cerca di non agitare troppo quel cervello, ti si potrebbero combinare le cellule nel modo giusto!»

Altamente ironica con stile da stronza, frequenta Biochimica con una sfilza di trenta, che poi è il massimo che si può prendere agli esami. Studiosisssssima, come dice la mamma allungando le esse.

Ma – e sì, anche per lei c'è un ma – neppure un macho all'orizzonte. Ah ah ah, fa finta che non le importi, tipo femminista antiquata, ma io so che le brucia, eccome.

Origliare è una delle mie specialità e giorni fa l'ho sentita sospirare e poi gemere come se avesse qualche dolore. Allora ho spiato attraverso il buco della serratura e l'ho beccata mentre a occhi chiusi declamava una specie di litania davanti a una piccola foto. Marco Cordelli, il bello del quartiere. Chissà come ha fatto a immortalarlo.

Me la sono immaginata con impermeabile e cappello calato fino a coprirle il ciuffo rosso, a girare per le strade in cerca della moto nera con il teschio, inconfondibile luccichio intorno al quale, attratte come vespe dallo zucchero, gravitano una mezza dozzina di ragazzine nella speranza che il bel Marco le porti a fare un giro fino alla pineta.

Comunque se io le facessi sapere che so quello che lei non vuole che si sappia, per Simona sarebbe la fine. Perderebbe la sua aria di superiorità e forse piangerebbe anche.

Lo confesso, mi piacerebbe nominarlo così per caso, magari a tavola, davanti agli spaghetti al tonno: «Certo che il Marco viene bene in fotografia.» Oppure: «Non sapevo che recitassi le preghiere con tanto fervore davanti all'immaginetta di Padre Pio.»

Certo la farei schiattare; di un rosso ciliegia e forse arriverebbe anche a versare l'acqua nel bicchiere del vino, la perfettina.

Ma in fondo sono un buono, un mite. A me interessano solo le ragazze e mi interessa vivere. Già. Chissà cosa vuol dire in realtà.

Tre

La musica fa muovere persino la rete da pallavolo infiocchettata con nastri colorati e palloncini.

Fa caldo e mi sento a disagio, adesso giro sui tacchi e me ne vado a guardare l'acqua che zampilla dalle fontane di Piazza Mazzini.

Claudia mi spinge in avanti con le mani tozze e sorride, poi sussurra: «Controlla che non si vedano le bolle.»

Sospetto immediatamente che abbia nascosto, tra i rotoli di ciccia, un flaconcino di acqua saponata e che questa per il caldo e per effetto di una magica evaporazione abbia fatto trasudare bolle di sapone dalla sua pelle.

Deve aver colto il mio sguardo interrogativo perché continua: «Ho provato la crema depilatoria di mia madre. Forse ho sbagliato qualcosa: le gambe e le braccia mi si sono riempite di bollicine rosse. Ma le ho coperte con uno strato di fard. Non vorrei che con questo caldo il trucco si sciogliesse. Controlla, ti prego!»

Accidenti, se non fossi così a terra credo che mi rotolerei sul pavimento per farmi quattro grasse risate; invece controllo, spostando lo sguardo in basso senza muovere troppo la testa, e vedo i polpacci di Claudia cosparsi da centinaia di puntini amaranto ricoperti da una crema sbavata color cacchina che si rapprende in certi punti e cola in altri.

«Tutto okay» bofonchio incredula.

Lei sospira sollevata e si tuffa tra la mischia muovendo le anche e facendo scricchiolare le cuciture del tubino rosa.

Cerco di mettermi rasente il muro, vicino all'uscita di sicurezza: è il posto meno di passaggio, forse perché è lontano dalle bibite e dai tramezzini e qui, almeno, non si corre il rischio di essere osservati ad angolo giro.

Ora il problema è cosa fare delle mie mani: non possono tenere lo zainetto che sta sulle spalle, né posso incrociarle a mo' di santa e martire. Lungo i fianchi non ci riesco anche perché dovrei tenere le spalle dritte se non voglio somigliare a zia Cita, ma con le spalle dritte il torace è tutto spostato in avanti e metterei in mostra i miei due centimetri di seno. Oddio, fammi scappare da questa città.

La festa è all'inizio, quando tutti si salutano baciandosi sulle guance: vedo Giulia, la bellona della II A, che mastica una cicca come se fosse l'unico piacere della sua corta vita. Marta, una della mia classe, con i pantaloncini di pelle nera lucida che tiene tra le dita una sigaretta. Ecco come potrei occupare le mie mani: in fondo non devo mica fumarla.

Un gruppo di quasi diplomati mi passa accanto senza neppure accorgersi del mio odore; un singulto al cuore: li riconosco, tre di loro ieri parlavano di me bevendo una Coca-cola e respirando veleno, con i loro capelli annodati e i sorrisi sulle bocche.

«Secondo me ha un odore diverso: è questione di ormoni.»

«Ma che dici? Ormoni? È proprio la pelle. È più grassa. E poi forse non si lava, tanto lo sporco non si vede...»

«Però non è male, fra qualche anno si farà.»

«Io quasi quasi un pensierino lo farei. Giusto per provare il brivido.»

«Sì e poi mentre la baci appassionatamente apri gli occhi e ti ritrovi... al buio.»

«Ah! ah! Che razza d'umorismo. Dicono che sono più focose, questione di clima.»

«Ehi, c'è la prof di Chimica. Guardate che zinne!»

Io ero lì a dieci centimetri, nascosta dalla porta del bagno delle femmine appena aperta, che mi asciugavo le mani; se non avessi questa abitudine di lavarmele ogni volta che faccio la pipì non li avrei sentiti e ora sarei più felice.

È proprio vero che meno si sa meno si soffre.

Mia madre sostiene il contrario, che la conoscenza è il principio della consapevolezza e un pezzetto di verità.

Gli assiomi di mia madre finiscono sempre per confondermi facendomi cadere in depressione.

Non ho nessuna verità da scoprire e per la quale combattere: sono quello che sono e niente potrà cambiarlo.

Claudia si dimena al centro della palestra, improvvi samente diventato un'assurda pista da ballo, davanti a Giacomelli, uno della IV A che tira sempre su con il naso per via di un inspiegabile e perenne raffreddore da fieno.

Mi trovo ad invidiarla un pochino, anzi, proprio tanto: lei, così stupendamente viva. Gli altri dicono che è una cretina, che non si accorge di quanto sia ridicola e patetica a volte. Invece lei cerca la vita, non le importa di quello che pensano gli altri, vuole assaporare la gioia, chiudendo i rubinetti dell'acidità, della gelosia, del giudizio.

Ora me ne vado davvero, sento su di me gli sguardi del gruppo dei quasi diplomati, sono coltellini affilati che riescono a penetrare ogni poro della mia pelle grassa.

Mi avvio verso la porta evitando di toccare le braccia sudate degli altri che bevono, fumano e ridono cercando di scambiarsi qualche battuta sopra il suono assordante della musica.

Fuori l'aria è fresca e il sole appena tramontato regala ancora qualche bagliore un po' ammaccato.

Sento il mio nome; è come se fosse il richiamo di un incubo dal quale ci si vuole liberare.

«Ehi, Rosa, mica te ne starai andando, vero?»

Sembra quasi la prima frase di un film, quella voce così roca e impastata, ho la sensazione che gli alcolici non fossero poi così vietati.

Me li trovo davanti mezzi seri e mezzi sorridenti, come volpi in perlustrazione vicino a un pollaio.

Provo a muovermi e quelli fanno un passo. Me li trovo intorno che mi fissano.

Ho paura, anche se non so bene da dove arrivi, se dallo stomaco che sta per rivoltarsi o dalla testa che cerca di imbrogliarmi rassicurandomi che va tutto bene, basta gridare.

Il dramma è che non ho voce.

La città sembra scomparsa, assorbita da qualche nuvola di passaggio; non c'è nessuno in giro, anche le macchine passano rade e veloci.

Uno dei tre allunga un braccio fino a sfiorare il mio giubbotto e sussurra: «Belle gambe.» Gli altri due ridacchiano e si avvicinano: mi manca l'aria, forse sto per svenire, non sono mai svenuta in vita mia, anche se ci sono stata vicina la prima volta che mi hanno fatto un prelievo e l'infermiera così gentile non trovava la vena, tirava fuori l'ago e lo rinfilava, poi borbottando lo tirava fuori di nuovo e sudava, sudava.

Forse a svenire si trova la pace, forse si fugge lontano e si vedono le immagini di quando eri nella pancia della mamma: acqua tiepida e sicura, battito del cuore come musica jazz, rotoli di adipe dove rimbalzare.

Adesso urlo. Viene fuori un fiotto di una sola vocale, che stride ma non fa rumore. I tre ridono di gusto.

«Non ti spaventare bambina. Ci divertiamo. La vita è così breve.»

Lo capisco che la mia paura li eccita, ma non posso non provarla: quante volte ho letto di queste situazioni? E le trovavo paradossali, vere, certo, ma un pochino esagerate. Invece no: sono tenaglie infuocate che ti si chiudono sullo stomaco e ti senti senza mani e senza piedi, senza niente per lottare.

«Ehi, voi. Che cosa state facendo?»

La voce, diversa, arriva da dietro. Nessuno si muove, uno dei tre apre la bocca: «Gabriele, vieni, c'è un pesciolino nella rete.»

Sento i passi che si avvicinano e prego che sia un poliziotto, un padre che è venuto ad aspettare la figlia o che è venuto a ricordarle l'orario per il rientro a casa, o magari Superman che elimina le scorie di criptonite.

Ho anche bisogno di fare la pipì, la vescica mi scoppia e sento crampi dolorosi alla pancia.

Ora vedo il nuovo arrivato e fermo le lacrime abbassando le palpebre: è uno del gruppo, è uno di loro.

«Ehi, idioti, lasciatela stare, che cavolo vi è preso?»

Respiro di nuovo e tento lo sguardo nel suo. Non mi sta osservando: sembra pieno di collera. È ripulito dalla testa ai piedi, è perfetto, quasi la copia di un attore inglese, ma gli occhi sono fermi e lucidi; forse lui non ha bevuto.

Oh, Dio, ti prego, fa' che possa tornare a casa, subito.

Si fa largo nel cerchio e mi raggiunge. «Ma dico, siete impazziti? Lasciatela stare. E tu, ragazzina, vai a casa.»

Io, ragazzina, vado a casa, se solo le gambe si muovessero, se solo il respiro tornasse normale io volerei a casa, io mi fionderei a casa, e resterei lì mille anni, ti prego, spostami le gambe: ti prego, Uomo Ragno, prestami tre o quattro zampe delle tue.

Sembrano riprendersi, sembra che un lume di ragione sia tornato.

«E dai, era solo uno scherzo, vero, piccolina?»

Il cerchio si apre, ma io non mi muovo.

«Non vi sarete per caso calati? Ci mancava solo questa...»

«Ma dai, Gabriele. Forse non ti piacciono più le ragazze?»

Mentre gli altri ridono, si sente un tonfo, mica tanto forte, uno splat dei fumetti, e quello con la bocca ancora aperta me lo trovo davanti, lungo disteso.

Finalmente mi scappa l'urlo, quello che era rimasto nella trachea a sostare pericolosamente. È un urlo bellissimo con tanta voce e tanta paura che si trasforma in rabbia.

Le gambe si muovono, prima i piedi accettano di fare qualche passo, poi volano via. Verso casa.

Quattro

Una volta non avrei fatto questo: me lo ritrovo nel cervello come un piccolo pensiero, uno di quelli che valgono poco, due lire o poco più; è una specie di seme ammalato che si era buttato via e invece ha messo le radici ed è cresciuto.

Mi trovo le mani che prudono, la voglia di menare cazzotti a quei tre che credevo amici, e non li perdona il fatto che erano mezzi ubriachi e mezzi fatti. No, no, no.

Mi lanciano sguardi un po' vacui e un po' rimbambiti, sembrano vecchi in preda a una crisi arteriosclerotica. Idioti.

«Ce l'hai fatta scappare» prova a ribattere Luca, ma

debolmente, come se la lampadina avesse subito un calo d'energia.

«Già, volevamo divertirci, solo spaventarla un pochino.» Gianni si passa il braccio sulla fronte, come ad asciugare un sudore immaginario, ma che forse sento io, dentro.

Carlo invece ha voglia di parlare di più e alla fine la dice quella frase che gli sta sul gozzo, quella che io aspettavo e temevo e volevo sentire e credevo di non dover sentire mai. Eppure la dice, smozzicata, ma la dice e quindi vuol dire che la pensa e io non sapevo che avrei reagito in quel modo, non l'avrei mai saputo se non l'avesse detta, e mai avrei capito cosa sono io veramente e cosa voglio. Per cui forse un giorno lo dovrò pure ringraziare anzi, non lo ringrazierò mai perché quella frase è una ferita mai rimarginata, è un verme che striscia e poi è una vera incazzatura per me che non penso mai con le lettere maiuscole, ma quella frase è tutta una maiuscola, è così grande nella sua cattiveria che ci vogliono le maiuscole delle maiuscole per scriverla.

Così li ho stesi con un cazzottone per uno. Non è stato difficile: erano fatti e non avevano la forza di reagire, ma anche se l'avessero avuta, mi sarei battuto come un leone finchè non li avessi visti a terra con gli occhi chiusi.

La cosa terribile, che mi fa star male, è che quella frase forse era anche dentro il mio cervello: una cosa così brutta che l'avevo messa nell'angolo più nascosto sperando che sparisse e invece non era morta, era solo ben nascosta.

Mi vergognavo di avercela ancora e così gli ho sparato quei cazzotti, più a quella cosa tutta maiuscole che a loro, più a me, idiota che non sono altro, che a quei viziatoni che vanno in giro sempre in tre come i moschettieri, come se da soli non esistessero.

Credo di essere in disordine e per la prima volta non me ne importa niente.

Il buio è sottile e nel buio luccica l'impronta della ragazzina con la paura addosso e il mondo che l'ha lasciata da una parte e se n'è andato. Prego che lei sappia come acchiappare le nuvole.

E ho anche una specie di disordine dentro: io la conosco appena, quella ragazzina, non ricordo più neppure il suo nome, solo la prima volta che l'ho incontrata ho pensato: "Non mi piace il fatto che sei bella."

Cinque

«Rosa, sei tu?»

«Ciao, papà.» Dovrei baciarlo e magari sedermi accanto a lui, osservarlo mentre sfoglia le carte impilate sul tavolino da fumo.

Invece mi tengo distante, temo che senta l'odore della paura che mi porto addosso, della paura e della disperazione.

«È già finita la festa?» mi chiede senza alzare gli occhi dalle carte. Mi fa tenerezza: si ostina a voler lavorare senza mettere gli occhiali e spesso è costretto a tenere gli scritti a due centimetri dal naso.

«No, pa', ma mi annoiavo, così...»

Forse sente la mia voce incrinata, così si alza di colpo muovendo il ciuffo che è il suo orgoglio e la sua passione in un mondo di calvi, lo sento alle mie spalle mentre cerco di aprire il frigo e cacciarmi dentro, magari al posto delle verdure, magari nel cestello con i pensieri che si raffreddano e si congelano senza farmi più male.

«Qualcosa non va, Rosa? Forse ho capito, sai. Non sei ancora riuscita ad ambientarti. La città è così diversa, ma non è tanto male.»

Al paese si fa festa per un accidenti di niente e per un raffreddore e io al paese ero accettata e amata da tutti, mi andrebbe di dirgli questo, ma so che scrollerebbe le spalle.

L'argomento era stato trattato ampiamente già da un anno prima che partissimo: mia madre naturalmente ha convinto tutti, persino me, che era una scelta giusta.

La notte ne parlavano anche a letto, qualche volta li sentivo e percepivo il disappunto di mio padre che non aveva argomenti convincenti per replicare, perché in teoria mia madre aveva ragione. "La bambina deve fare le sue esperienze, deve confrontarsi con un mondo più ampio. Il paese è come una bottiglia dove tutto è per lei perfetto, dove non trova ostacoli, dove non può crescere fino in fondo; tutti le vogliono bene, tutti l'accettano, deve scoprire che non è così, che non può sempre essere così. E poi pensa, Fabio, potrà andare a teatro, al cinema, in discoteca, a scuola di danza, sai come ama ballare; ci sono tante possibilità, non puoi pretendere che continui a passare le sue giornate gironzolando in bicicletta o giù al fiume a dar la caccia alle cavallette."

Mi pareva giusto allora, mi parevano parole dolorose, ma sensate e poi c'era l'eccitazione di un nuovo posto da esplorare e da far mio.

Il telefono squilla insistente. Mi allontano da mio padre che è in attesa di una mia parola e corro a rispondere.

«Pronto?»

«Pronto, Rosa, ma dove ti eri cacciata? Ti ho cercata dappertutto.»

«Ah, Claudia, scusa, ma non mi sono sentita molto bene e così...»

Non mi lascia finire, presa com'è da se stessa e dal suo mondo, non indaga e non mi costringe a mentire.

«Sapessi, Rosa! Ho conosciuto un ragazzo, abbiamo ballato insieme per tutto il pomeriggio, certo, è un po' strano, gli piacciono tanto i ragni, ma si può, dico io? Mi ha raccontato la vita segreta dei ragni, eh, sì. Comunque è anche carino e credo di piacergli. Mi ha detto che ho un neo espressivo. E io che nemmeno mi ero accorta di avercelo, un neo.»

Sorrido e la lascio continuare, tanto non avrebbe senso fermarla.

«Ha detto che ci vediamo domani all'uscita. Sono emozionata, felice. Ah, dimenticavo: il Bello ha chiesto di te, mi ha sorpreso, sai. Ehi, no, non volevo mica dire che è strano che il più bello della scuola si interessi a te, insomma tu hai capito vero? be', mi ha chiesto se eravamo amiche, se facevi sport. All'inizio ho fatto un po' la sostenuta e poi gli ho detto del ballo, ho fatto male? non credo, vero, tanto lo sanno tutti, hai colpito in alto, tu.»

Certo che è rischioso insinuarsi nel "torrente Claudia", ci sono sassi nei quali si può inciampare. Mi scoppia lo stomaco. Gabriele Fieli ha chiesto di me. Lui mi ha difeso, mi ha lasciato andare, si è messo contro i suoi amici. La paura riprende a galoppare, non ho ben chiaro quello che sarebbe successo se non fosse arrivato lui. Forse volevano solo spaventarmi, o forse no, e comunque ci sono riusciti.

«Senti, secondo te mi faccio le unghie blu notte o viola intenso? I ragni non hanno unghie, mi pare. Ehi Rosa, ci sei?»

Il torrente continua a scorrere.

«Senti, Claudia, devo andare, scusa, mi chiama mio papà e poi sta per tornare anche la mamma e la cena non è pronta. A domani. Per le unghie, no, i ragni non le hanno. Ciao.»

Riattacco e trovo mio padre vicino, all'erta, preoccupato.

«Ho sentito che non stavi bene.»

«Sì, cioè no, ho solo un po' di mal di pancia.»

Si rilassa.

«Ti sembro troppo apprensivo? Forse hai ragione, Rosa, devo pensare che sei grande ormai. Ma è difficile.»

Lo interrompo, mi siedo sul divano accanto a lui, guardo i suoi occhi così neri e mi appoggio alla sua spalla come quando ero piccola e lui mi raccontava qualche favola: «Raccontami ancora di quando sono arrivata dal cielo, papà.»

La scuola di danza della signora Beatrice sta all'angolo tra via Aldo Moro e via Allende.

Ci vogliono tre fermate di autobus da casa mia e cinque

rampe di scale. La signora Beatrice ha vietato alle sue allieve l'uso dell'ascensore; qualcuna, a volte, ci si infila in punta di piedi. Mai nessuna è riuscita a farla franca: la signora Beatrice l'attende sul portone con un sorrisetto maligno sulle labbra ed è lei stessa che apre la porta dell'ascensore.

Non so come fa, se ha le telecamere nascoste all'ingresso o una sfera di cristallo nascosta sotto qualche tappeto orientale.

La sua palestra mi piace davvero; somiglia più a un osservatorio astronomico; i soffitti sono dipinti di azzurro (*mon mari, le deuxième,* sussurra in puro francese). Il sistema solare al completo spazia senza alcun senso delle proporzioni tra un angolo e l'altro (*mon mari, le troisième*): anche il terzo marito ha voluto lasciare un tocco indelebile della sua passione per il cielo.

Dalla musica capisco che è già iniziata la lezione con gli esercizi di riscaldamento.

Mi scuso per il ritardo.

«Non importa, *ma chèrie, viens vite.*»

Oggi ha messo la parrucca con le trecce: ne avrà una dozzina in tutto. Abbiamo saputo che in seguito a una grave malattia ha perso i capelli, dicono che fossero belllissimi, e lei ha rimediato così: «In fin dei conti, *mes petites,* è stata una fortuna, ora posso cambiare pettinatura tutte le volte che voglio.» A volte ne parla con disinvoltura, a volte si vede che ne soffre.

È comunque una donna eccezionale: io l'ammiro perché ha trovato che cosa fare della sua vita.

Poso lo zaino su una cassapanca di bambù e mi avvio alla sbarra per gli esercizi di oscillazione delle gambe.

Siamo in otto al corso dalle quattro alle cinque del mercoledì, giovedì e venerdì; delle altre so i nomi e il numero di scarpe e poco più.

C'è un brano di musica da discoteca, molto dolce; la cantante soffre per il suo amore perduto in inglese e canta la sua passione per il sole.

Mi perdo tra le note e il mio corpo va.

«Sei legata, *chérie.*» Sussurra la signora Beatrice osservando attentamente i miei polpacci.

Sono spaventata. Vorrei dirle che è perché tre cretini mi hannno offesa e molestata e io non ho saputo difendermi. Sì, è questo che mi ha spaventata ancora di più: sono così fragile e insicura da non riuscire neppure a rispondere o a scappare.

L'idea che mi balena in testa come un lampo è terribile: forse mi sento in colpa per essere quella che sono.

«Inspira forte, *chérie,* così da brava, i muscoli devono rilassarsi. Inarca la schiena, *bien.*»

Ho sempre amato ballare, ma è solo un anno che lo faccio regolarmente, con una professionista. In paese non esisteva una scuola, ma c'erano le sagre.

Era bellissimo. La mobilitazione era generale; ognuno aiutava come poteva, chi in cucina, chi, come me, nella pulizia e nello sgombero dei tavoli.

Rimaneva sempre tempo per ballare. Con Domenico facevo sempre il primo ballo, altrimenti si offendeva: è stato lui a svelarmi i segreti del liscio fin da piccolina.

È un festaiolo: lui e la moglie girano per i paesi per il piacere di ballare.

Mentre mi guidava nella polka o nella mazurka gli rimaneva anche il tempo di sparare giudizi sugli altri ballerini. "Quello sembra un palo. Guarda lei che generale. Rosellina, tu sì che balli bene, non per niente hai avuto il miglior maestro." E io ridevo e qualche volta gli schioccavo un bacio sulla guancia e lui si pavoneggiava. Poi insieme ci mangiavamo la crostata di mirtilli o il gelato al lampone.

Quanto mi manca tutto questo.

Mi concentro di nuovo sulle note e allora comincio a respirare più leggera e di nuovo vado in un mondo senza voci e senza colori dove il piede non è più un piede, ma un pezzo del mio corpo che si muove insieme ad altri pezzi, e l'orecchio serve solo a carpire alla musica le sfumature, le pause impercettibili e le vibrazioni dei bassi.

Sono padrona del mio corpo e solo mentre ballo lo amo perché è così obbediente, non a me, alla musica.

Non avverto stanchezza né sento le altre che ballano, sono io sola che mi stacco dal pavimento e seguo le linee orizzontali, verticali, oblique dello spazio.

Non si può essere indifferenti a tutto questo: in quel momento ascolto il muscolo più piccino tendersi e una falange scricchiolare, e sento la commozione di quando ho visto per la prima volta il mare e la mamma che mi accompagna il primo giorno di scuola e zia Clara che mi fa vedere la nascita dei maialini e Paolo in quinta elementare che mi regala l'adesivo della Juve con un biglietto d'amore folle di doppie mancanti e di troppi punti esclamativi.

Sono sudata e sono in mezzo alla sala e tutte le altre mi guardano sbalordite.

La signora Beatrice ha uno sguardo così raggiante che mi fa pensare a una sposa il giorno delle nozze.

Mi viene incontro quasi urlando: «*Merveilleuse, formidable.*» Mi abbraccia stretta e solo adesso mi accorgo delle grosse macchie di sudore sulla maglietta sotto le ascelle.

«Hai ballato come un... una gazzella, oh, *chérie,* hai ballato per te, non è vero?»

Mi vergogno tantissimo e cerco di ritirarmi in un angolo: ho dato spettacolo e non volevo.

Non ricordo un accidente dei passi che ho fatto e delle figure che ho usato, forse tutte, forse ne ho inventate anche, ma non ho seguito schemi.

Mentre mi asciugo sento dietro di me qualcosa che freme, come se nella sala fosse entrata un'ape.

Sono tutte alle finestre: parlottano e ridono.

«È venuto per me, spero, sono mesi che gli do la caccia.»

Carla, numero di scarpe 39 e mezzo, terzo anno di magistrali, apparecchio ai denti, capelli lunghissimi e liscissimi, motorizzata con scooter e casco, maglietta con la faccia di Di Caprio, fidanzati al suo attivo: come le stelle del cielo e la sabbia del deserto. Questo deve essere l'ultimo.

«Rosa, vieni a vedere: c'è l'ultima conquista di Carla, e che conquista.»

Adriana, 38 di piede e tante lentiggini sul naso, è una

tipa forte e muscolosa che crede nella danza moderna come chiave d'accesso per le arti marziali; l'ho sentita varie volte dire che quando devi dare un cazzotto sul naso devi farlo con grazia.

Mi affaccio di malavoglia, tanto per non essere diversa da loro, per cercare di condividere l'eccitazione e la curiosità che davvero non provo, non in questo momento.

Guardo tra gli ippocastani del viale e mi si ferma il cuore. Non è possibile, non credo alle visioni e poi non sono il tipo che sfugge la realtà.

«Uau, vai, vai, vai, è mio: Gabriele Fieli, il Bello, è mio» piroetta Carla preparandosi a uscire, mentre un odore di ragù invade la sala.

La signora Beatrice chiude la porta che divide il regno dei danzatori dal suo appartamento sorridendo: «*Mon mari, le quatriéme*, ha fatto, come dite voi, attaccare il ragù, è disperato» e ride raschiandosi un po' la gola e toccandosi una treccia che le svolazza su una spalla.

«Per oggi basta, *au revoir, mes petites, à demain.* Ah, Rosa, *merci.*»

Mi ringrazia e io arrossisco, non volevo mettermi così in mostra, eppure un po' mi sento contenta, ballare mi ha restituito un po' di serenità.

Seguo le altre per le scale: nessuna si azzarda a prendere l'ascensore anche perché gli occhi della signora Beatrice – chissà perché non si fa chiamare Madame, è così francese – non ci lasciano fino all'ingresso principale.

Poi però mi fermo fingendo di allacciarmi una scarpetta

e pesco qualcosa dallo zainetto: non mi va di seguire la scena dell'abbraccio trionfale, occhi negli occhi, mano nella mano, eccetera, eccetera.

Ho pensato tanto a lui e credo che dovrei ringraziarlo, ma non ora, non in pieno appuntamento.

Escono tutte insieme con Carla trionfale davanti e sento il chiacchiericcio smorzarsi. Il gradino di marmo è fresco: perché non stare seduta qui per sempre? Come quelle statue nei musei. "Rosa su scalino. Immortalata mentre cerca di stabilire un rapporto positivo con i lacci delle sue scarpe." Troppo lungo come sottotitolo. "Ragazza con il nome sbagliato." Questo andrebbe già meglio. Corto quanto basta, incisivo, ambiguo, accattivante. I miei genitori aspettavano una rosa, che scherzi a volte fa il destino!

Sei

Ora cosa le dico? Quanto mai sono venuto qui. Se mi vedessero i miei amici mi prenderebbero in giro per un un paio d'anni, fino al servizio militare, forse.

Già, e chi se ne importa?

In fin dei conti voglio solo vedere come sta, se ha intenzione di parlare con qualcuno dell'altra sera, se...

Mi puzza l'alito, lo so, lo sento, e se anche le ascelle... maledetti deodoranti: promettono settimane di autonomia e poi a metà giornata ti ritrovi a piedi.

Pazienza, non devo mica starle vicino tipo busta-francobollo. E poi la vorrei come amica. Certo mi piacerebbe: è così seria, così diversa mentre cerca di sembrare uguale alle altre e più si sforza più si vede che c'è in lei un fuoco più intenso, un fuoco vero. Eppure non credo sia una musona, solo una che vive molto dentro se stessa.

Caspita, sto pensando come il prof di filosofia.

E poi non ho mai avuto un'amica femmina; non ci avevo mai pensato veramente.

Quasi quasi vado su a vederla danzare. La sua amica, come si chiama, Claudia, ha detto che è bravissima.

No, meglio aspettarla fuori. La signora del secondo piano è già dieci minuti che occhieggia dalla finestra e mi osserva. Fa finta di guardare il traffico, ma io lo so che sta facendo le radiografie a me. Spero solo che non pensi a un ladro e chiami il 113. Mia zia Clara una volta l'ha fatto. Era un povero inglese che si era perso e si era seduto sul marciapiede sotto il suo portone per riposarsi.

Lo hanno perquisito davanti a mia zia che giurava che se non era un ladro, era una spia dei servizi segreti.

Le adorabili vecchiette che sanno maneggiare il veleno meglio degli alchimisti.

Eccole, finalmente. Che sciame di gambe e tette. No, c'è anche Carla, quella che quando mi incontra si sloga la mandibola per sorridermi. Ed è pure sudata.

Come si sbraccia, tra poco le si staccano le scapole. Non è mica che avrà pensato, no, è impossibile. Non è che non sia carina, ma, come dire è un po' in serie. Bravo Gabriele, ti stai raffinando in fatto di gusti. E io mi defilo, faccio finta di niente e raggiungo il motorino pregando che non si sia ingolfato.

Il casco attutisce il richiamo: aveva davvero puntato la preda.

È strano, qualche giorno fa avrei apprezzato la serie sorrisi e canzoni, chiacchiere sulla salute delle Spice e l'andamento ormonale dei Back o per approfondire una disquisizione sul test "Sei una donna veramente affettuosa?".

Sto diventando matto, o vecchio, o rimbambito o nessuna delle cose. Sto diventando un po' me.

«Ehi, gran cervello, che novità è mai questa? che ci fai con il libro di fisica in mano? ti stai forse allenando per il bodybuilding?»

Neppure le rispondo, tanto non merita nessuna considerazione. Crede di essere spiritosa e mi ha spiegato una volta che l'umorismo è sinonimo di grande intelligenza, mia sorella.

«Gabriele, ti senti poco bene?»

Mia madre ha le borse della spesa che ciondolano dalle mani e uno stupore così candido che vien voglia di abbracciarla.

Abbasso il libro di fisica e le faccio la linguaccia. Lei sorride e quasi sognante sparisce in cucina. La sento canticchiare. Pensa che la sua teoria abbia vinto.

Mi rimetto a ragionare sui quanti e capisco subito che è una cosa abbastanza dura per uno che studia quando ne ha voglia, però accidenti, se mi impegno posso riuscire. Mio padre rientra e si ferma sullo scalino dell'ingresso. Ha il viso abbronzato dato che lavora all'aperto, sopra una gru per l'esattezza, e le rughe si vedono più profonde. Sembra indeciso se entrare o uscire.

«Pa'» gli dico.

«È successo qualcosa, vero? No, non dire niente. Hai fatto un incidente con il motorino e hai battuto la testa? tua sorella si è sposata in gran segreto con un emiro arabo? tua madre ha dato alla luce tre gemelli? Gabriele, tu stai studiando o fai solo finta? c'è un giornalino dentro quel libro? oppure stai studiando davvero? Dimmi, ragazzo, dimmi che non sto sognando, che questa è casa mia.»

Mi innervosisco, tolgo i piedi dal divano, mi alzo e me ne vado in camera mia senza dire una sola parola.

Sento mia madre confabulare con il papà: «Te l'avevo detto, io. La teoria dell'innamoramento funziona sempre.»

Mia madre è sempre stata convinta che quando la prima vera cocente cotta mi avrebbe preso nel suo vortice ammaliatore, io avrei cominciato a diventare più responsabile e quindi a studiare.

La teoria era in forte contrasto con quella di papà, che mi voleva a zonzo per la città fino ai quarant'anni e prometteva, come rimedio, la cura dell'asciutto: a secco di soldi, di benzina, di cinema, di piscina, di ogni tipo di regalia e di ogni gratificazione materiale.

Per fortuna ha sempre prevalso il buon senso della mamma: che Dio la benedica.

Così io studierei perché mi sono innamorato?

Quasi quasi le telefono. E poi cosa le dico? Perché oggi non l'ho aspettata?

Passo davanti allo specchio e per abitudine mi fermo a guardare la mia faccia e il mio fisico. Non mi piace la fronte: troppo bassa, sembra una mansarda asfittica.

È veramente strano: spio ogni squillo di telefono e vado ad origliare sperando che sia per me, ma lei non telefonerebbe mai, ne sono certo: è troppo chiusa in sé, troppo forte, e forse mi ha dimenticato, oppure non sa nemmeno chi sono; in fondo anch'io potevo essere tra Luca e gli altri bastardi, se non fosse stato per la rivelazione.

Sette

Stasera proprio non ho voglia di studiare: e chissà se ha un senso ricominciare dai primitivi, greci, romani per la terza volta: elementari, medie, superiori, la stessa solfa.

Dicono che così si approfondisce. Anche la noia scava crepe, come gli agenti atmosferici che consumano le rocce.

Dovrei telefonargli. Ho il cuore stretto in una morsa quando lo vedo, ma già lo so che non ne avrò il coraggio. Mai.

Oggi a scuola quei tipi dell'altra sera mi guardavano appena. Giro al largo, ma sicuramente era una bravata, avevano bevuto e fumato chissà cosa.

Non posso dirlo a nessuno, mi sento stupida: mia madre

correrebbe a denunciarli, papà andrebbe dai loro genitori: che casino! Io al centro dell'attenzione. Io che a volte vorrei essere trasparente: sasso tra i sassi, banco tra i banchi, libro tra i libri. Sicura.

Se solo riuscissi ad accettarmi.

In paese era diverso. Lì ero davvero una tra i tanti e riuscivo a dire quello che pensavo, a fare quello che volevo.

Una volta alla fiera ho litigato con il venditore dello zucchero filato perché aveva riempito il mio bastoncino con un giro di zucchero di meno rispetto a quello di Fabiana.

È come se venire qui mi avesse svuotato di ogni energia. È come se la paura di essere diversa avesse contagiato anche l'aria che respiro.

Secondo mia madre è una fase dolorosa, ma solo nel dolore si cresce.

Spero che anche gli altri soffrano come me, specialmente le altone, le truccatone, le perfettone e soprattutto Carla, la sbandieratrice di denti.

Per lei è così facile intuire che tra nove ragazze Gabriele aspetta lei. E aveva anche ragione, la stronza.

Dico le parolacce col pensiero anche se mia madre non farebbe una piega se mi mettessi a parlare come uno scaricatore di porto. Chissà poi perché questi benedetti scaricatori devono avere il primato delle parolacce.

Una volta con Fabiana abbiamo fatto una gara a chi ne inventava di più e io ho vinto con una originalissima che aveva a che fare con le galline e i galli. Non me la ricordo più. Mia madre comunque lascerebbe correre perché ritiene che ci sono fasi della vita che sono come il morbillo: prima le prendi, prima ti togli il pensiero.

In camera mia si sta veramente bene: adesso con le finestre aperte posso sentire anche l'odore dei tigli in fiore. Se solo avessi un'amica. Una vera, come Fabiana o Federica, con cui parlare di questo male che mi assale e sentirmi meno sola e disperata.

La cena è pronta: sento un odore di frittura e immagino le patate croccanti e magari anche una cotoletta.

I passi si avvicinano alla porta e mi preparo a rispondere che sì, sono pronta, scendo per mangiare.

«Rosa, al telefono. Cara, è per te, un certo Gabriele. Lo conosco?»

Mia madre aspira a conoscere tutti gli abitanti della terra per classificare il loro comportamento, ricavarne il carattere e da qui prevedere la loro sorte.

Ecco, se mi avessero detto che sarebbe scoppiato un chewing gum in faccia alla prof di italiano, l'avrei ritenuto infinitamente più possibile che ricevere questa telefonata. Nel calcolo delle probabilità l'impossibile non è previsto.

Mi accorgo che ho le mani sudate; avrei fatto meglio a far dire che non c'ero, la mamma però aveva già detto che c'ero. Quindi.

«Pronto?» la voce sembra incerta, come se fosse stupita di uscire da me. «Sì. Pronto?» Ce l'ho fatta, fin qui.

«Ciao, forse non ti ricordi di me. Sono Gabriele della III B.»

Come dire che oggi non si è notato il sole.

«Sì, certo che mi ricordo anzi, volevo ringraziarti.» È gastrite, forse ulcera, questo dolore che mi prende allo stomaco.

«Lascia stare, ecco, ti ho chiamata per sapere come stavi. Io credo che i miei amici, cioè, non sono neppure amici, è gente con cui a volte mi vedo, non so se mi spiego...»

Incespica nelle parole, le cerca giuste per farmi capire che senza di lui, adesso... o forse per prendere le distanze da quei bastardi perché ha paura di venire coinvolto.

«Sta' tranquillo, nessuno sa niente.» Sussurro, più depressa che mai.

«Ah.»

Silenzio.

«Vuoi dire che non hai detto niente a nessuno, nemmeno ai tuoi?» sembra stupito.

«Mm.»

«Be', lascia che ti dica una cosa: io l'avrei fatto. No, ascolta, forse erano bevuti o fumati, e quindi è stata una sciocchezza, però un bello spavento se lo meritano, tanto per non avere la tentazione di ricaderci.»

«Mm» mi sento paralizzata, ho la gola secca.

«Mm. Forse è meglio se ne parliamo di persona. Certo, se sei d'accordo, sei d'accordo?»

«Mm...»

Stupida, stupida, stupida.

«È un mm che vuol dire sì nella lingua degli mm oppure che vuol dire no nella lingua degli mm?»

Mi scappa una risata, e anche sonora.

«Finalmente faccio ridere qualcuno, mia sorella ha una sua teoria: ma te la spiegherò di persona, allora?»

«Mi farebbe davvero piacere, ma non vorrei, ecco, io.» Mi sono impappinata come una stupida.

«Ho capito. Va be', non fa niente. Se magari stai con uno geloso, non voglio creare problemi, è che pensavo, magari potevamo diventare amici, davvero.»

«No, non ho nessuno in circolazione.»

«Ah!» Sbaglio o ho sentito un sospiro di sollievo?

«Allora vengo a prenderti alla scuola di danza, se ti va. Poi potremmo andare in centro a prendere un gelato. Che gusti ti piacciono?»

Quando riattacco, il pavimento sembra essere cresciuto. Sono più alta, più vicina alle nuvole e agli aquiloni, quasi dentro una mongolfiera.

Vuole essermi amico. Lui. Certo, non potevo pretendere di più. Non io. Forse gli faccio un po' pena. Riecco la depressione.

Mia madre porta in tavola un pacco con il fiocco colorato. Domani è il mio compleanno. Di quando sono arrivata dal cielo, non di quando sono nata.

Le butto le braccia al collo pensando che non ho mai pensato di non chiamarla mamma.

Otto

La lezione oggi non passa mai.

«*Chérie, tu es trop liée.*» La signora Beatrice, parrucca rossa, cerca di farmi sciogliere i muscoli delle gambe. Niente da fare, neanche se fosse Barishnykov riuscirebbe a farmi concentrare.

Mi muovo distante dalla musica, non la vedo anche se la sento, ma non mi lascio guidare, sono troppo agitata.

Ho paura di sbagliare, ho paura di non riuscire a parlare. È che io non ho mai avuto un appuntamento, mai. Con il più carino della scuola poi.

Io non so chi sono, è questo il problema. Aveva ragione lo

psicologo dove siamo andati tanto tempo fa, io, la mamma e il papà, vestiti della festa e con il profumo addosso.

Ricordo perfettamente la sua barba grigia: i peli erano più lunghi e più corti come se per tagliarla avesse usato il coltellino per affettare le banane a stella.

Parlava a voce bassa, come se volesse svelare segreti, e i suoi occhi non brillavano affatto.

La mamma però l'aveva scelto perché faceva parte della squadra di Jung e lei riteneva che potesse dare alla famigliola qualche consiglio per funzionare meglio.

Niente Barbie, aveva consigliato il maledetto. Io ci morivo, dietro a quella con i vestiti da principessa.

La mamma aveva preso appunti, il papà aveva costruito una barchetta di carta con la ricevuta fiscale e poi, appena usciti, l'aveva varata in una pozzanghera.

Pochi cartoni di Walt Disney: dovevo riappropriarmi della mia cultura e della mia identità. Quindi aveva sciorinato una decina di titoli di libri e di film adatti alla creatura.

Il papà mi teneva la mano e stava serio, ma io lo sapevo che aveva voglia di mettersi a ridere e magari di dare un cazzottone sulla faccia dello junghiano, ma non lo ha fatto, credo per rispetto della mamma e di me.

Così non mi è mai sparita questa voglia di Barbie, così liscie e perfettamente armoniche, così senza pensieri, senza nessuno che studia i loro pensieri.

Mi sento sudata. Non ho portato nemmeno un cambio: stupida, stupida, stupida.

Ho un buco nello stomaco, forse è la fame. Oggi non

sono riuscita a pranzare. Non oso più guardare l'orologio, man mano che l'ora si avvicina sto sempre peggio, come se avessi la febbre.

Ci mancherebbe solo questa.

Mi tocco la fronte e la sento gelata: meno male. Magari ho però qualcosa d'altro: che so, un'infiammazione alle vie renali.

Che fantasia.

L'odore di ragù ci assale e mi dà un lieve giramento di testa: è *le quatrième* che ha cucinato qualcosa alla siciliana, con le melanzane, ci informa la signora Beatrice, e come sempre questo è il segnale che la lezione è finita.

Il cuore è impazzito, batte, batte, batte, anzi, rimbomba come un tuono potente.

Le altre sono corse alla finestra ma non hanno fatto commenti.

Vuoi vedere che non c'è? Vuoi vedere che era tutto uno scherzo, tutte frottole per divertirsi. In fondo io sono io e gli altri è una vita che li conosce.

No, non mi affaccio. Poi invece lo faccio. Che casino: non sono capace di mantenere un proposito. Con don Claudio però funzionava. Lui mi diceva: "Rosa, per penitenza, cerca di non pensare parolacce." E io lo facevo, tanto in sogno mi sfogavo e lui mi aveva assicurato che i sogni non valgono come peccati.

Sono di nuovo in coda, poi mi precipito avanti per paura di fare tardi, poi aspetto che mi sorpassino di nuovo.

Annuso la maglietta tirandone su un lembo fino al naso:

sa di sudore e deodorante alle mele, me l'ha prestato Claudia. Lei conosce tutti gli ultimi ritrovati in fatto di cosmetici, legge riviste femminili e di moda, fotoromanzi per imparare il bacio perfetto.

Sostiene che quando bacerà il suo ragazzo lo farà rimanere senza fiato, costringendolo a una prematura dichiarazione impegnativa.

Il bacio perfetto. Si allena con i cuscini: dice che non deve essere né troppo umido né troppo secco.

Io non ho mai baciato nessuno, in quel modo, sulla bocca, socchiudendo le labbra e serrando gli occhi.

Claudia dice che gli occhi chiusi sono importanti, tutte le modelle dei fotoromanzi li chiudono e hanno l'aria appassionata e felice.

Io credo che avrei la tremarella e che non mi ricorderei un accidente di tutti gli accorgimenti tecnici.

Sono uscite tutte, se sto qui sullo scalino a fare la statua è perché so che tanto lui non c'è.

Le avrei sentite ululare, le ballerine, e parlare più forte per farsi notare.

Dal vetro lavorato del portone un'ombra rompe le losanghe di sole.

Mi alzo per non farmi vedere dall'inquilino e apro il portone.

Puf-Bum. Gabriele.

«Scusa, non uscivi più, così sono venuto a vedere. Hai preso le gambe e tutto il resto...?»

È allegro e ride: oddio com'è carino. No, forse non proprio carino: gli occhi verde scuro di piogge marine, il viso disteso, con i pensieri che si scacciano tra loro e quell'aria impacciata per via delle braccia troppo grandi. Fa-vo-lo-so.

«Ti ho portato il casco. Per il motorino, dico, non per la navicella spaziale. Ma sono sicuro che voleremo.»

Non riesco a dire niente. Sorrido appena a mezza bocca come una stupida e mando giù.

Salgo sul sellino, un po' impedita dallo zaino. Lui mette in moto, lo scooter tossicchia e poi parte.

Ecco di nuovo il problema delle mani. La curva a gomito lo risolve: afferro i lembi della sua maglietta e chiudo gli occhi, ed è già come se lo baciassi con il bacio perfetto.

Nove

È stato un bel pomeriggio. Anzi. È stato fantastico.

Veramente abbiamo solo passeggiato. Sì, proprio così, non avevo mai provato la gioia di passeggiare così, tanto per farlo, tanto per stare vicino ad altre gambe che camminano vicino alle mie. Di solito passeggio, non mi lascio passeggiare, non lascio che la strada diventi lei la padrona e mi porti a zonzo per farmi scoprire un muro del Quattrocento o un pozzo medioevale con le pietre sconnesse.

È proprio carina, ma che dico, spigolosa quanto basta per essere fan-ta-sti-ca.

È bravissima a imitare la prof di storia dell'arte: strabuzza gli occhi, mette i denti in fuori e poi recita: "Ah, ragassi, lo splendore di questo capitello corinzio è paragonabile solo alla meraviglia dell'acanto che s'inerpica come a ricevere vita e calore. Ah, se voi aveste occhi e non solo ormoni!"

Sono stato bene con lei, veramente, senza preoccuparmi dei capelli in ordine.

Non odia i suoi, e questo è strano, tutti sembrano detestare i genitori, o forse è una moda, essere conformisti nell'anticonformismo.

Ci sono adulti da detestare (parecchi), altri no. Anch'io la penso così.

Domani ci vediamo di nuovo: sembrava contenta, chissà se potrò prenderla per mano, mi piacerebbe molto sentire la sua mano, così piccola e ossuta.

E poi ho capito che lei non ha ancora imparato a correre sulle cose, va così lenta che ci cade dentro e così soffre perché le vede da ogni angolo.

Dieci

È stato un pomeriggio bellissimo, due ore per la verità, ma è come se fosse stato un secondo, e anche un anno.

Ho perso il senso del tempo.

Mi piace stare con lui. Credo davvero che sia diverso, che voglia diventare mio amico.

Ha cercato di sapere tante cose su di me e io per via della mia stramaledetta insicurezza non ho chiesto quasi niente di lui: dorme con la luce accesa? sogna gli aerei che cadono? ama camminare scalzo? mangia le lenticchie?

Per me è più facile rispondere che fare domande, mi blocca dover mettere quel punto interrogativo alla fine della frase. E poi mica solo alla fine, per iscritto forse, ma quando parli devi cominciare a intonare la voce fin dall'inizio e invece io mi perdo, la voce diventa piatta e quella domanda scivola via lontana, un pudore che non vorresti macchiare con quel punto ad uncino.

I francesi, beati loro, non devono preparare la voce, basta un'impennata nell'ultima parola e il gioco è fatto: una fetta di vita si apre.

Chissà. Ma ho tempo, voglio conoscerlo piano piano, come un dono che non si ha fretta di scartare.

Undici

Mi piace aspettare qualcuno.

Anzi, mi piace aspettare lei. Mi piace il fatto che riesco a farla ridere, lei così seria, così attenta a tutto.

Vorrei davvero vederla ballare, ma non credo le faccia piacere.

Mi ha detto che il ballo è una cosa tutta sua, un mondo dove c'è lei e la musica e nient'altro.

E così sto qui sotto al portone ben nascosto dall'edicola per non farmi beccare da Carla e dagli occhi telescopici della vecchietta del secondo piano.

Per di più sono felice di esserci, arrivo in anticipo così

posso prepararmi un po': non voglio che veda i muscoli che si muovono come in preda ad un terremoto interno e il sangue che se ne va a spasso tra le vene a modo suo.

Lei conosce il nome delle cose: ieri una farfalla le girava intorno: era bella, coi colori sgargianti; mi aspettavo che dicesse: "Guarda una farfalla, che carina." Invece ha detto: «Una vanessa, ce ne sono ancora, per fortuna. Il nome scientifico forse deriva dalla protagonista di un romanzo di Swift.»

«Chi?»

«Quello dei *Viaggi di Gulliver.*»

«Ah!» ho detto io.

Devo dire la verità, mi ha fatto un po' rabbia anche se non l'ha detto da saccente o con l'intento di insegnare, le è venuto così perché fa parte delle sue conoscenze, o forse delle sue passioni. Non la conosco ancora bene e non è giusto trinciare giudizi.

Ieri ho preso anche un sette in fisica. È stata una grossa soddisfazione veder sbiancare mia sorella e balbettare mio padre.

«Così, ragazzo, vai non mollare» mi ha detto.

Mia madre invece mi ha chiesto: «Come si chiama?» Accidenti, quasi quasi comincio a credere alle sue teorie.

Veramente la prof è stata magnanima e sull'abbondante, non ha infierito con domande tipo "bene, un ripassino generale e poi basta", si è limitata all'ultimo quadrimestre – brava donna, dico davvero – e poi non ne poteva più e ha fatto una minipredica, ma non guardava me, tutta la classe, però le parole s'infilavano dritte tra le mie mani come chiodi dolorosi.

"L'impegno nello studio rappresenta uno dei più grandi segni dell'onore..." La frase mi ha colpito, anche perché questo senso dell'onore è un po' fuori moda; mi fa venire in mente i duelli e i film di cappa e spada. Strano come l'abbia ricollegato allo studio. Ci ho pensato su e ho deciso che in fondo non mi costa poi tanto studiare e un sette in fisica è sempre un sette, un numero di tutto rispetto che ha fatto felici tutti, me compreso.

Le voci che mi raggiungono sono conosciute, ma non per questo molto piacevoli.

«Ehi, Gabriele, cosa ci fai da queste parti?»

Luca sbuffa il fumo di sigaretta proprio dritto verso il mio naso; ha una felpa azzurra che gli arriva alle ginocchia e lo zaino di traverso sulla spalla, dietro di lui ci sono le facce di Gianni e Carlo che mi guardano con sorpresa.

«Sei un po' fuori dal quartiere» aggiunge Gianni che si guarda in giro preoccupato.

«Sei anche fuori dalle nostre grazie, se è per questo» conclude Carlo, che ha gli occhi più strabici che io abbia mai visto.

Figurarsi a me cosa importa entrare o uscire dalle loro preferenze. Ormai ho capito cosa e come sono.

Hanno circondato il motorino e io non me ne sono neanche accorto.

«Alla festa, sai, ci hai rovinato la serata.»

«Sì, e mi hai fatto anche male» dice Gianni toccandosi il naso, come per controllare che è sempre al suo posto.

«Avevate esagerato, vi ho solo evitato dei guai» mormoro abbassando lo sguardo. È strano: fino a pochi giorni fa mi sembravano super, tipi tosti, sicuri, mi vantavo anche della loro amicizia, del fatto che mi avessero scelto anche se ero più piccolo. Adesso quasi mi vergogno di farmi vedere con loro, e ho paura.

La strada sembra essersi fatta deserta, gli alberi allungano ombre minacciose.

Sento improvvisa una fitta sulla spalla: una spinta data con qualcosa di appuntito.

Passa un istante e il motorino perde l'equilibrio, qualcosa si sposta, sono io che sto cadendo e mi ritrovo a pensare che è stupido cadere da un motorino mentre è fermo.

Quello che sento sulla guancia è freddo e fa male, ho ancora tempo per vedere i tre che si guardano un po' sbigottiti, un po' divertiti, un po' stronzi e poi scappano senza una parola. Per fortuna Rosa non mi ha visto con loro.

Dodici

Volo per le scale dopo il segnale della frittura di pesce. Io non l'avevo mai provata, questa specie di felicità.

L'anno scorso per il mio compleanno la mamma e il papà mi hanno regalato un bellissimo stereo. Ero felice. Alla festa del paese una volta ho vinto una gara di bocce insieme a Fabiana e ci hanno dato le coppe e un buono da cento euro da spendere in un negozio di nostra scelta. Ero felice.

Il papà al mare è voluto andare a vedere l'alba sulla spiaggia: eravamo seduti sulla sabbia tutti e tre e guardavamo l'orizzonte, rispettosi di quel miracolo, quando lui mi ha circondato le spalle con un braccio e poi ha detto serio: «Posso ancora abbracciarti davanti a questo spettacolo d'eccezione o la cosa t'imbarazza?» Ero felice anche allora, eppure adesso questa felicità mi sembra più vera, adesso che riesco a toccarla, a sentirla, a respirarla, è una cosa che mi solleva e mi fa ridere di me, dei miei difetti, delle mie insicurezze.

Saluto tutte con allegria sorpassandole, vorrei abbracciarle e dire che io, Rosa, sono felice.

Il gomito di Adriana mi s'infila nel fianco: non mi ha fatto male, non molto.

Mi fermo e la guardo con la domanda che non viene fuori.

C'è silenzio per le scale, nessuna sembra avere il coraggio di continuare a scendere o di respirare.

Da due scalini dietro di me arriva la voce di Carla: «Così ti sei fatta Gabriele.»

È come uno schiaffo, la parola volgare che mostra il disprezzo che ha verso di me.

Mi giro per cercare di spiegare, questa volta sono sicura di farcela, ma lei ha già in bocca quella frase, quella che distrugge e annienta, che corre dritta al cuore e lo frantuma in pezzi di meteorite, quella che tutti sanno di poter dire al momento giusto ed è come una spada che ti oscilla sulla testa e aspetti il tuo carnefice, aspetti il suo riposo o la sua veglia o l'umore o la stanchezza o magari qualche gesto maldestro che gli faccia lasciare la spada.

Contro di lei non ho difese né potere, non ho volontà.

Mi raggomitolo sullo scalino e sento quasi con sollievo gocciolare sulle gambe il liquido caldo che scorre dal mio corpo come se volesse piangere anche il mio naso e la mia bocca, e il mio stomaco e il mio cuore.

Chissà da quanto me ne sto qui ad osservare le macchie di ruggine sulla ringhiera, ho tolto l'orologio prima della lezione e poi mi sono dimenticata di rimetterlo.

Resterei ancora se non fosse per i passi che sento dietro di me. È un inquilino del quinto piano, anche lui un patito delle scale.

Mi alzo e sento una specie di vertigine. Arrivare in fondo è difficile, fuori c'è il mondo di sempre, ma non c'è Gabriele.

Carla ha ragione: voleva solo provare un'emozione diversa, come quando da piccoli, stufi di gattonare, ci alziamo per vedere meglio le cose che gli altri hanno sistemato alla loro altezza. Peccato che poi si decida di rimanere in piedi.

Tredici

I baffi dell'uomo sono a manubrio. Mi ricordano un racconto di... ma sì: Poirot, l'investigatore francese o belga, non ricordo, quello con la testa d'uovo.

Ha gli occhi minacciosi, ma poi scopro che è stato lui a chiamare l'ambulanza, e ha insistito per accompagnarmi e chiamare i miei e ora aspetta per raccontare ciò che ha visto, cioè niente, perché lui era dentro l'edicola.

Mi dice che adesso ci sta sua moglie, all'edicola, e che hanno un figlio poco più grande di me che va all'Università. Normalmente non lo starei a sentire, ma qualcuno mi ha dato dei tranquillanti: tutto mi sembra molto lontano e per aggrapparmi alla realtà sto attentissimo ad ogni parola. Non voglio dormire né svenire: devo telefonare.

L'infermiera ha i peli sotto il mento come una barba rada e sottile, però sorride e mi tocca la guancia delicatamente.

Passa un filo bianco al dottore e sento dei pizzichi sulla guancia: «Un bel buco ragazzo, una vera sfortuna. Però poteva andarti peggio, pensa se ti andava in un occhio, avresti potuto perdere la vista. E se battevi la testa contro il marciapiede?»

Mi auguro solo che il dottore non faccia visite molto lunghe ai pazienti: il rischio di rimanerci secchi è molto forte.

Lavora con la sinistra, veloce e senza incertezze: devono avermi fatto l'anestesia perché non sento niente o quasi. L'infermiera con la barba mi tiene la testa e annuisce serena ad ogni parola del dottore. Sarò capitato in un orario in cui il personale ha deciso di giocare alla Famiglia Addams?

«Papà» riesco a dire mentre il dottore cuce.

Ci sono tutti: la mamma con gli occhi lucidi, il papà col volto teso e preoccupato e mia sorella che per una volta sembra veramente interessata alla mia faccia.

«Devo telefonare» riesco a dire mentre il dottore prende dell'altro filo.

Quattordici

«Ehi, ma perché ti fai negare? Sono o non sono la tua amica del cuore?»

Eccola qui, Claudia, con le frasi fatte e le banalità. Amica del cuore: cosa significa?

Il cuore non è la sede dei sentimenti, nossignori, è un fatto appurato, anche lui va con gli sbalzi del cervello, forse è meno romantico ma è così.

«Sei giù, quanto?»

«Al centro della terra» sussurro.

«Ah, e perché?»

«Tanti motivi e nessuno, non lo so.» Eccome se lo so, ma

non riesco a dirlo, non sono mai riuscita a dire cosa mi tormenta eppure lampeggiava a scritte cubitali dentro di me, un po' offuscato, ma sarebbe bastato uno sguardo in più, un occhio più attento per leggerlo. E invece no.

«Mi hanno regalato il nuovo CD dei Back. Vieni a sentirlo domani? Poi potremo fare un giro verso il centro, che ne dici? Hanno aperto un negozio di abiti usati, dicono che si trovano un sacco di cose carine. A dir la verità ho bisogno di te. Se usciamo insieme mia madre non sospetterà che mi vedo con Giacomelli. Sai come sono le madri: quanti anni ha? che scuola frequenta? con profitto? e i genitori? ha fratelli? ha i brufoli?»

Sorrido e accetto, in fondo Giacomelli ha tanta della mia comprensione, lui e i suoi ragni, e Claudia vuole davvero essermi amica, sono io che vedo le cose storte anche dove sono diritte.

A volte però sono storte davvero.

Quella sera, al fiume, l'uomo con la barba e la sacca a quadrettoni buttata sulla spalla soffiava quelle frasi incomprensibili che non capivo, ma che mi facevano male.

Come quando i genitori parlano di te come se tu non ci fossi e invece ci sei, forse per lanciarti un messaggio: "Ehi, io non so come fare, sono qui che aspetto, dammi un segnale", ma lo fanno nel modo sbagliato: "la mia Donatella, ah, è davvero un disastro, è così disattenta, così persa tra le nuvole, basterebbe che si impegnasse un poco di più, non dico che non sia intelligente anzi, oggi i ragazzi hanno tutto, forse questo è il problema, non sono mai contenti, e poi non ascoltano, non ti sentono proprio." E tu lì a sorbirti la predica per via indiretta e vorresti dire che se non ascolti è perché non c'è proprio niente di interessante da ascoltare, casomai vorresti provare a condividere qualche parola, qualche gesto e perché no, qualche piccola cosa, magari banale, magari futile come un compito di matematica o un gelato o una torta di mele.

Comunque di quell'uomo hanno detto che era solo un vagabondo, io non sapevo neppure che cosa fosse uno che non ha una casa e possiede solo un vestito, io che venivo da dove i bambini muoiono perché non hanno da mangiare.

È stato allora che la mamma e il papà mi hanno spiegato tutto e io ho cominciato a sentire la nostalgia della fame.

Quindici

Non capisco perché si fa negare. È impossibile trovarla. Ha smesso di andare a danza, al telefono i suoi mi rispondono che è fuori. Ma fuori dove? A scuola è assente, per malattia dicono i compagni di classe. Non ci capisco niente.

Che sia malata? Non voglio. Voglio vederla, parlare con lei, di lei, che basterebbe una punta di becco perché rompesse quel guscio.

Il motorino mi porta sulla provinciale, fuori città. L'idea mi è balenata così, senza volerlo: sono le azioni che rimandi di giorno in giorno quelle che più ti segnano dentro, come cicatrici.

Il casolare è in piena campagna: ci sono le oche sull'aia che si litigano pezzi di insalata e un odore strano, di mucche.

Antonio si gira al rumore d'areoplano che fa il motorino. Mi guarda da sotto il cappellino un po' stinto dal sole e rimane fermo, stupito, quasi gustasse un'apparizione.

Avevo promesso tante volte ai suoi genitori di andarlo a trovare, poi invece, come succede bla bla bla non si trova mai il tempo, come se il tempo ti governasse: che schifo.

Metto il cavalletto e gli vado incontro piano, lui rimane fermo e solo a un passo sorride, col sorriso sghembo e un po' sdentato di chi non ci è abituato, ai sorrisi.

Ha una tuta blu, di quelle che usano i metalmeccanici, che lo fa sembrare altissimo nella sua magrezza; le mani tengono foglie di lattuga come se fossero fette di cocomero.

«Ciao, Antonio» gli dico, un po' commosso nel rivederlo dopo tanto tempo, e questa volta quasi felice.

«Ci-a-o Ga-rriele» e finalmente si avvicina, supera quel muro invisibile e quasi mi tocca. Penso che abbia fatto passi da gigante, lui che non voleva intrusioni nel suo pezzetto di spazio. È fiero di quel gesto e vuole farmelo notare, vuole dimostrarmi che si è impegnato, che ora accetta di condividere il suo spazio.

La signora Delia si affaccia dal balcone e dopo uno sguardo mi saluta sbracciandosi e scende le scale.

Mi bacia senza imbarazzo alzandosi in punta di piedi per arrivare alle guance e nota il cerotto e mi chiede cosa è successo e si vede che è preoccupata davvero e che le interessa il mio incidente.

Mi trascina in casa, ha fatto la crostata con la marmellata di susine, le susine, spiega, le ha raccolte Antonio dagli alberi che hanno piantato lungo l'orto anni prima.

È orgoglioso, Antonio, che la madre parli di lui, di quello che ha fatto.

Il tavolo di legno massiccio è lucido e al centro c'è una fruttiera colma di ciliegie. Anche quelle le ha raccolte Antonio.

Alle pareti, vicino al focolare, lucide pentole di rame e disegni appesi con le puntine e il nastro adesivo. Ci sono maiali verdi e piccioni rossi, campi di spighe con papaveri celesti, o forse sono fiordalisi. I disegni di Antonio, li ricordo benissimo. Gli altri bambini lo prendevano in giro perché colorava le cose a modo suo.

Abbiamo frequentato le elementari nella stessa classe e poi fino alla seconda media, poi lui non ce la faceva più, si vedeva che era infelice: tutta quella gente che invadeva il suo spazio, che lo toccava, lo spintonava senza accorgersi che lui diminuiva, sì, diventava più piccolo, gobbo e corto come un elfo.

La signora Delia mi chiede della mia famiglia e poi passa a parlare di Antonio, dei progressi che ha fatto, mentre lui non mi lascia con lo sguardo, neppure quando mette in bocca una mezza fetta di crostata.

«È felice che tu sia qui. Mi ricordo, sai, eri l'unico bambino della classe che non lo prendeva in giro. Una volta lo hai anche difeso da quei due che volevano fargli bere l'acqua dei pennelli. E poi eri così bello. Non che adesso tu non lo sia, ma eri proprio un angelo.»

Arrossisco e lei se ne accorge: così scoppia in una risata molto bella, di quelle che gorgogliano nella gola, ride anche Antonio con la bocca piena, e mi contagiano.

«Dai, Antonio, racconta qualcosa a Gabriele, non è certo venuto per sentire le mie chiacchiere, tu hai cose più interessanti da fargli vedere.» Lo dice con orgoglio e con coraggio, le traspare l'amore dalla pelle.

Prima di avere Antonio faceva l'avvocato, era anche brava; dopo la sua nascita ha cominciato a chiedere permessi sempre più lunghi fino a smettere di lavorare del tutto.

Adesso lei e il marito hanno aperto un agriturismo. Antonio aveva bisogno di poca gente intorno e di spazi grandi che non gli dessero l'idea di soffocare.

Lui mi guida verso un corridoio, tutto felice di potere essere protagonista di qualcosa, e io mi sento in colpa per non essere venuto prima.

La sua camera è enorme, il soffito è molto alto e sulla scrivania ha anche un computer.

Lo accende con sicurezza e lo vedo concentrarsi non tanto sui tasti quanto sulle sue mani che si muovono un po' goffamente.

Sullo schermo compaiono quadri coloratissimi.

«Fatti io» dice, sondando il mio sguardo alla ricerca di una critica, forse.

Giusto: se non criticassi, forse penserebbe che li ammiro solo per compassione. Così mi tuffo in quei colori, le cose sono in secondo piano, i colori sono i veri protagonisti.

Non avevo mai pensato alla gamma dei gialli, ma soprattutto a quella dei neri: il nero del fumo è diverso dal nero della notte, dal nero delle ombre, dal nero del cielo in tempesta.

Mi sento stringere il cuore a guardare quei quadri fatti con il computer da uno che a scuola era considerato un handicappato con tanto di certificato medico e di insegnante di sostegno, che si ostinava a fargli colorare i maiali di rosa.

«Sono molto belli. Questa è tua madre?» Gli chiedo indicando col dito una figura grande che occupa quasi tutto lo schermo. Dietro di lei ci sono foglie di infiniti verdi e rossi, come coriandoli festosi.

Lui annuisce, felice che io abbia colto nel segno.

Mi porta a vedere il vitellino appena nato e lo accarezza e borbotta qualche parola, poi tocca alla serra dei pomodori in fiore, dove mi mostra un sistema di irrigazione a goccia che ha montato insieme a suo padre.

Io non saprei da che parte cominciare. Io non so niente di questo mondo così pieno di odori forti e di colori e mi sento molto handicappato.

All'improvviso mi viene voglia di abbracciarlo, perché lui lo sa, che questo mondo non lo vuole, eppure ha trovato un suo posto.

Si fa sera e la campagna diventa ancora più preziosa: chissà se a Rosa piacerebbe sedersi sul bordo del campo a guardare i cespi d'insalata.

Quando monto sul motorino, la signora Delia mi raccomanda mille volte di andare piano e di fare attenzione alla strada.

Antonio sta dietro di lei fino all'ultimo, poi sbuca fuori e guardandosi le scarpe mi porge qualcosa.

È un foglio piegato a metà. Lo apro e mi rivedo bambino. Sono io tanto tempo fa, alle elementari, con la faccia un po' squadrata e un sorriso da "sono io che ho rubato la merenda". Riesco a dire grazie, Antonio, ma vorrei dire grazie per Antonio, perché io uno come te, uno così, uno che sa, non lo avrò mai più.

Lui si allontana di qualche passo, girando la testa.

«Non preoccuparti» mi dice dolcemente la signora Delia, e solo ora noto che ha delle braccia bellissime. «È felice che tu sia venuto, la verità è che i medici non sanno bene quanto potrà ancora stare con noi. Sono malattie che si evolvono, le studiano per fortuna ma non sempre riescono a dirti una cosa precisa. E non sentirti in colpa.»

Non mi dice neppure "torna se puoi"; tanto lo sa che tornerò, e questa volta non lascerò passare degli anni vuoti, e non dice neppure che bisogna avere coraggio ad essere come Antonio e come lei e come suo marito, non lo dice perché non lo pensa e io ritrovo un altro po' di me, seppellito da flaconi di gel e da specchi troppo, troppo lucidi.

Sedici

Solo oggi nell'ora di musica ho saputo cosa è successo.

Nessuno mi aveva avvertita. È colpa mia, veramente, mi ero chiusa nella mia camera staccando il filo.

Mi sento stupida.

Stupida e vigliacca.

Certo, Rosa, continua pure a soffrire e ad essere felice di soffrire; non c'è ombra di coraggio in te.

Fatti pure chiamare in mille modi, e piangici sopra, come una lumaca che si ritira nel suo guscio e poi, calpestata da un piede distratto, rimane nella sua casa, morta.

Combatti, almeno provaci.

Non posso rimanere qui, al diavolo i corsi di recupero pomeridiani. Vado da Gabriele.

Diciassette

Sento brontolare un tuono laggiù sopra la città. Forse pioverà.

Combatto con la visiera del casco che non si abbassa, poi lascio perdere e mi gusto il vento fresco.

Il manubrio del freno cadendo mi si è infilato nella guancia e ha fatto un buco slabbrato che rimarrà a testimonianza della mia stupidità e dell'arroganza di tre teppisti stronzi che se la fanno sotto, adesso, per la paura che io parli.

Non dirò niente, anche se ne avrei una gran voglia, ma servirebbe a qualcosa?

Comincia a piovere. La pioggia di maggio allegra tintinna sul casco e punge gli occhi.

Arrivo in città che diluvia, preoccupato di quello che la mamma starà pensando, esco per una passeggiatina, le avevo detto, e ho letto nei suoi occhi la preoccupazione.

Le macchine schizzano acqua sui jeans e la gente ha gli ombrelli aperti e la fretta di tornare.

Il palazzo dove abito è il più grande della via e al piano terra ci sono due negozi e un salone di bellezza per cani.

Ci ho fatto un sacco di risate guardando uscire ed entrare dalla mia terrazza le bestiole o bestiolone, pettinate, acconciate e qualche volta vestite. Tutte assomigliavano ai loro padroni, o forse sarebbe meglio dire il contrario.

La vedo sul marciapiede: è immobile e guarda un punto imprecisato della strada.

I capelli e il vestito gocciolano di acqua e sono appiccicati al corpo. Ha una figura così sottile e quei capelli fantastici, una massa di riccioli piccoli.

L'acqua le scivola addosso. Non sembra farci caso.

Spengo il motorino e aspetto.

Si gira, mi vede: ha lo sguardo ferito, ma non sembra spaventata, gli occhi le luccicano di acqua e di lacrime.

Si avvicina, non corre ma è quasi come se avesse paura che io svanissi nel nulla.

È leggera come una farfalla, vanessa, e mi viene da sorridere.

Non me ne vado, ma per favore, non te ne andare neanche tu. Sto diventando matto per te, per capire cos'hai di tanto pesante sulle spalle e per aiutarti a portarlo.

Saliamo insieme, si appoggia a me, e io filo tra le macchine in coda ai semafori, tra i rigagnoli e tra gli spruzzi, e volo via lontano, dove l'acqua ci possa fare bene.

Il parco è deserto; gli alberi lasciano filtrare la pioggia in modo meno insistente.

Sotto un pino marittimo lei scende, mi sfiora appena il viso e poi si mette a ballare. Con i piedi accarezza i sassi del viale e vola tra i rami, ma non è lontana, anzi, non è stata mai così vicina, almeno a me.

Piroetta, si flette, si piega, braccia, gambe e quel suo collo da cigno, inarca la schiena, gioca con le gocce che scendono, sorride felice, serena e finalmente scoppia la musica, e io la sento davvero, è la musica che proviene da lei e le mie orecchie l'assaporano.

C'è qualcosa che mi sfugge, qualcosa che è sfuggito a molti quando giocano all'andate via, voi con lo sguardo ebete e le orecchie a sventola, andate via, dateci lo spazio, a noi, belli e sani e perfetti, dateci l'aria e non la respirate con i vostri nasi storti, voi che non vestite i nostri vestiti e non cantate le nostre canzoni, lasciateci divertire con voi come se foste i pagliacci del circo, senza una faccia da poter ricordare.

È un gioco che non voglio giocare. Antonio me l'ha insegnato, Rosa mi ha incantato.

Si accascia a terra sfinita e io capisco che quello è il suo dono perfetto per me, che lei non ha mai ballato così bene e oggi l'ha fatto per me.

Era terra, aria e acqua e animale e donna mentre ballava, era anche una ragazzina di quindici anni innamorata.

Le vado vicino e l'aiuto ad alzarsi: «Non ti voglio come amica. Sei troppo bella e non mi piace il fatto che sei così bella, un'amica così bella vorrei solo amarla.»

La bacio e mi accorgo che lei mi guarda ansiosa: "No, non ce l'ho più dentro quella frase, non c'è davvero, sai" vorrei dirle. Poi si tranquillizza e mi bacia anche lei.

Diciotto

«La storia comincia quando sono arrivata dal cielo, anzi prima, quando mamma e papà mi hanno scelto.»

Mi sono presa una bella bronchite, ma sono la persona più felice della terra.

Gabriele è vicino a me, anche lui è a pezzi: raffreddore, tosse, mal di gola. Per via dell'acquazzone che ci siamo presi due giorni fa.

È venuto a trovarmi, la mamma ci ha lasciati soli in camera mia, la porta è socchiusa e si sentono i rumori di lei che sta preparando un dolce.

Ho deciso di raccontargli tutta la mia storia, dal cassetto dell'armadio ho tirato fuori due fotografie, vecchie e abbastanza sfuocate, ma è tutto quello che ho dei miei genitori naturali.

La mamma non poteva avere bambini, così lei e il papà hanno deciso per l'adozione.

Gli avevano detto che qui in Italia avrebbero dovuto aspettare anni, così loro hanno deciso per il Brasile.

Un avvocato laggiù ha scelto le persone e ha preso contatti con loro, poi la mamma e il papà sono partiti e hanno aspettato tre mesi laggiù.

Questa è la mia madre naturale. Gli mostro una donna alta e snella con gli occhi scuri e luminosi, che sorride un po' stanca all'obbiettivo, come se avesse pazientato fin troppo alle richieste del fotografo. Si capisce che è una donna con un carattere forte e deciso: ha serrato le mandibole come se fossero pugni pronti a scattare.

«Aveva ventidue anni e già quattro figli, io ero la quinta e quella capanna che si vede dietro era la sua casa. Mio padre invece è questo.» L'altra foto è stata piegata a metà e porta quel segno come uno sfregio. Ricordo che una sera guardavo quelle foto e piangevo quando la porta si è aperta e mio padre è entrato per salutarmi. Per non fargli capire cosa facevo, ho chiuso il vocabolario di botto sulla foto, che si è rovinata.

Gabriele non mi interrompe e gliene sono grata: devo riuscire a dire ciò che per tanto tempo è stato un veleno dentro me.

«Tutto il paese aveva seguito la storia dei miei genitori ed erano tutti molto ansiosi di conoscermi.

Molti sono venuti ad aspettarmi al vicino aeroporto, mica tanto vicino, cento chilometri.

Comunque un paese intero è venuto ad accogliermi e io sono stata molto fortunata, solo ora capisco quanto.

Sono cresciuta viziata e coccolata da tutti, in paese ero un po' come la figlia, la nipotina, la sorellina di tutti... da non crederci, eppure è stato così per molto tempo.

Una sera, al fiume, avevo sei anni, mi si è avvicinato un vagabondo: io non avevo paura di nessuno, non ce n'era bisogno. Quello forse era ubriaco o un po' matto ma ha cominciato a dirmi frasi terribili. Io non le capivo bene, ma sapevo che erano cattive. Come "pelle nera, pelle da schiava" e altre cose del genere.

E poi mi toccava, mi si strofinava addosso e io ero paralizzata dal terrore e non riuscivo a muovermi.

È stato don Claudio a trovarmi, lui e la sua mania del footing di sera, corre e recita i Vespri: è forte.

Comunque da allora ho iniziato a fare domande alla mamma e al papà e all'improvviso ho cominciato a vedere la mia pelle nera, diversa da quella dei miei genitori.

Loro mi hanno raccontato tutto, che sono stata adottata e che la mia pelle è scura perché i miei genitori naturali sono scuri.

Ho cominciato a soffrire, avevo paura di non somigliare a loro, alla mamma e al papà, ma a quegli sconosciuti delle foto.

E poi sentivo una specie di nostalgia per odori lontani, sapori diversi, indescrivibili. Chissà cosa si canta la notte di

Natale o se ci si veste di bianco per la Prima Comunione, nel paese dove sono nata.

La mamma e il papà hanno sempre risposto alle mie domande.

È sempre stata questa la mia sofferenza: essere spaccata a metà tra l'amore che provo per i miei genitori e la curiosità di conoscere le mie vere radici.

Non solo: perdonarli – e indico le foto – non è stato semplice.

Mi hanno abbandonata: so bene perché, ma una cosa è saperlo, un'altra accettarlo.

E poi qui in città i problemi sono diventati anche altri: per molti io sono nera, quindi diversa.

Non tutti sono così, lo so, e gli altri li dovrei ignorare, ma non è facile, per niente facile. Comunque ci sto provando, davvero.»

Scruto nei suoi occhi per vedere che non ci sia commiserazione; leggo invece una specie di divertimento.

«Sei nera come i lupi cattivi, come le notti buie dove vivono i fantasmi, nera come i ripostigli dove i mostri ti fanno a fettine.»

Rido e tossisco, con le lacrime che scendono.

La mamma viene a vedere, ma in modo discreto. Jung sarebbe fiero di lei: non strilla né sviene quando ci scopre abbracciati e tanto felici.

Non sono Cenerentola

Per Emilio e Mattia

Mia sorella dice che quando sogni una cosa bella, per farla avverare devi girare intorno a un tavolo per tre volte, inghiottire un pizzico di sale, respirare con la bocca aperta almeno venti volte in una giornata.

Io non ci credo. Però, che male può fare un po' di sale e un po' di smog in più?

Così eccomi a fare il secondo giro del tavolo evitando i soldatini e i dinosauri di Emilio. Per il sale ho provveduto mentre condivo l'insalata e la respirazione mi ha fatto girare un po' la testa.

Il sogno bello è vicino. L'ho fatto per la prima volta in

agosto quando una sera eravamo andati a guardare le stelle cadenti dagli zii che abitano in campagna.

Mia cugina aveva portato lo stereo e una canzone di Nek andava per la collina e io mi sentivo come ubriaca di quel cielo. Così ho chiuso gli occhi e il sogno è arrivato, solo che non mi ero addormentata sul serio. Chissà se vale lo stesso.

Affronto il terzo giro e il mio piede uccide un tirannosauro.

Quella sera mia cugina Sofia mi aveva fatto quella domanda e forse io avevo fatto il sogno apposta, come per avere qualcosa da rispondere.

«Sara, tu sei innamorata?»

Ero stata zitta zitta, come per prendere coraggio. Il buio mi aveva aiutata a nascondere l'imbarazzo e una certa tristezza, che poi non era vera tristezza, piuttosto qualcosa di dolce, una caramella che finisce troppo presto.

Mentre sentivo i denti di mio fratello sgranocchiare popcorn avevo visto quella cosa dentro i miei occhi. All'interno delle palpebre era apparso un volto e attaccato al volto un corpo e due braccia che si allungavano e poi cercavano qualcosa. La cosa bella era che quel qualcosa ero io. Le braccia mi afferravano e mi abbracciavano e mi tenevano stretta e ferma come se fossi stata un mare difficile da trattenere.

Sentivo anche il respiro e l'odore della pelle e poi la mano si era staccata e aveva toccato i miei capelli. Ero sospesa, forse su un tetto di un campanile, perché l'aria era fresca e io avevo i brividi.

Poi mio fratello aveva vomitato i popcorn e i gelati –

tutto troppo – sopra il mio vestito e sopra l'erba e lui era scomparso.

Mia cugina non aveva ripetuto la domanda e così io ero rimasta con quel sogno a metà, senza sapere che cosa sarebbe accaduto e soprattutto senza conoscere quel volto. Il peggio è che da quel momento il sogno si è ripresentato mille volte: durante la lezione di matematica, in chiesa mentre don Gino spiega il Vangelo, al supermercato con la mamma, durante la cena a metà tra la minestra e il prosciutto cotto. Ma si ferma sempre dove era rimasto la prima volta. E a niente valgono i miei sforzi di continuare. Niente. Sembra che aspetti.

Ho finito il giro. Mi sento meglio. Non ci credo, però. Oh, Dio, fa' che si avveri, rinuncio al regalo a Natale e per il compleanno. Rinuncio a lamentarmi per il caffelatte d'orzo.

Così stamattina è la gran mattina. Doveva pur arrivare. Ha detto il papà che avrei avuto l'intera estate per abituarmi. A parecchie cose. Nuovo quartiere, nuova casa, nuova scuola. L'appartamento è più grande, il quartiere è pieno di negozi e si può anche uscire un po' le sere d'estate per via delle luci e della gente che passeggia, la scuola l'ho vista dall'esterno con il cancello tutto intero e i muri di un color giallo pallido con qualche scritta in nero.

Mio fratello ha una cameretta tutta per sé e non la sfrutta, si infila nel letto di mamma e papà. Io invece la devo dividere con mia sorella Stella che russa pure e che se le dico che russa si arrabbia come una iena e comincia a elencare i miei difetti finché non mette il rossetto e per farlo deve per forza smettere di parlare. Poi si studia per qualche minuto allo specchio, strappa un pezzo di carta igienica, la preme sulle labbra e si scorda di me.

Esce così con quell'odore di fragola addosso e forse con i sogni che ha visto nello specchio.

Tocca a me.

«Sara, ti devo accompagnare?»

Papà mi guarda infilandosi la giacca, fa fresco la mattina, sarà un autunno con la neve, hanno detto alla tivù.

Mamma accarezza i pensili bianchi della cucina. Quanto l'ha desiderata. Nel vecchio appartamento avevamo una cucina che se facevi due passi lunghi arrivavi alla fine e la mamma si disperava perché non sapeva dove infilare la scopa.

«Altrimenti ti accompagno io, oggi faccio il turno di pomeriggio.»

La mamma mi sorride senza abbandonare però i pensili bianchi.

«No, grazie, vado da sola. Basta attraversare i giardini.»

Nessuno ha niente da obiettare. Ci speravo. Non che qualcuno mi accompagnasse, ma che insistessero. Dovrei avere dodici anni, oggi ne ho tre.

Respiro a fondo, con la bocca chiusa, però, prendo lo zaino ed esco.

Si sentono i tonfi degli altri portoni del palazzo che si chiudono. Stanno tutti uscendo per cominciare la giornata di lavoro.

I miei genitori hanno dovuto accendere un mutuo per la casa nuova. Non sapevo che un mutuo si accendesse. Comunque è la seconda accensione, la prima è stata per la macchina che ha già tre anni.

L'erba dei giardini è molle, le panchine sono vuote e i castagni zitti e fermi.

Vedo altri zaini intorno a me diretti alla Scuola Media Giosuè Carducci. Bello, il nome Giosuè. Non ho amici, nessuno che conosco, che posso salutare, magari a cui sorridere e con cui condividere il solito banale "uffa ci risiamo". L'estate non è servita a niente, erano tutti in vacanza. Noi no, per via della combustione dei mutui.

La mia sezione è la C, l'unica che ha il francese, l'inglese è il pomeriggio come corso integrativo. Non si può non sapere l'inglese. E forse per punire questa nostra ostinazione linguistica hanno collocato la sezione non al piano terra, ma in una specie di seminterrato. Si scendono cinque gradini ed ecco il corridoio. Mi sembra già di non poter respirare. Un po' d'asma. Quando ero piccola ero allergica ai cipressi. Mamma evitava di passeggiare vicino ai cimiteri. Che ci siano piccoli cipressi sepolti qui sotto? Cipressi dimenticati ma ostinati che sopravvivono dentro il cemento con radici così furbe che stanno dentro le mura.

Davanti all'aula vedo zaini e zaini. Cerco di tenere la testa alta, ma non ci riesco. Non è come nell'altra scuola. Non c'è niente di uguale.

La bidella del seminterrato anche lei sembra soffrire dell'ingiustizia di stare sottoterra, ha lo sguardo piantato su una macchia del pavimento e forse la sta sfidando. Guarda le mie scarpe che passano sopra la macchia e sembra disapprovare.

Io mi sento scoppiare. Adesso faccio finta di aver sbagliato sezione e me ne torno all'ingresso ed esco e torno nella mia vecchia scuola con il cancello che cigola e i muri di cemento grigio e il prato tutto spelacchiato con un unico albero di cui nessuno conosce il nome.

Gli zaini si muovono intorno a me, in fondo sono zaini, mica fucili, stanno attaccati a giubbotti, mica a mine.

E allora mi viene un bel sospiro, fatto con tutti i polmoni aperti, senza starnuti o residui di tosse, senza sentire neppure un po' di cipresso, e dentro questo sospiro ci devono stare tutti questi ultimi mesi tutti nuovi, e col sospiro ancora attaccato al diaframma entro in classe.

Questa sera mio fratello non vuol mangiare l'insalata. Mio padre guarda il Tg e ogni tanto gli fa gli occhiacci. La mamma sta friggendo le patatine: così lo vizi, dice papà. Lei chiede le pantofole e continua a girare le patate.

«Dammi quell'insalata» dice mia sorella con una voce strana.

Emilio le passa il piatto guardandola con gratitudine.

Porto le pantofole a mamma che mi manda un bacio e mi mette in bocca una patatina. Scotta. Vorrei piangere.

Prima di cena ha telefonato Carolina. Voleva sapere come era andato il primo giorno di scuola, ma in realtà non mi ha lasciato parlare, come sempre. Siamo nate lo stesso giorno dello stesso mese sotto il segno del Sagittario e ci siamo separate tre mesi fa promettendoci telefonate, lettere, visite. Per arrivare al vecchio quartiere dove lei abita ci vogliono tre quarti d'ora di autobus, o mezz'ora di metro, a scelta.

Tanto. Ho sfidato le punizioni di mamma per andarla a trovare. Lei ha fatto lo stesso.

Ha detto che le sembra strano non avermi trovata vicino al suo banco con la provvista di panini al prosciutto e con il diario tutto da scrivere e da riempire di foto e di canzoni e di poesie e di pensieri e di qualche parolaccia.

Mi venivano in mente le cartine geografiche appese alle pareti con i mari un po' sbiaditi e la Jugoslavia non ancora divisa e la prof di italiano a protestare per i fondi che dal Ministero non arrivano e allora cosa vogliono dagli insegnanti se non c'è nemmeno una cartina decente.

Mi veniva in mente la finestra dalla quale guardare le ciminiere lontane della fabbrica di mobili da giardino e la sirena che segnava la pausa pranzo per gli operai e la fine delle lezioni per noi.

Così non le ho detto nulla e ho riappeso senza salutare. Ha telefonato altre tre volte, ho fatto dire a Emilio e a Stella che non c'ero. Stella ha anche verniciato la bugia. È uscita con un'amica, ha detto.

Un'amica. Non esiste. Carolina, sei tu la mia amica e rivoglio la mia cucina da due passi e la cameretta dove ci stavamo in tre, anzi in due come adesso, perché mio fratello ha sempre usato il lettone e le tende a quadri e i negozi lontani con le borse della spesa che pesavano ogni passo di più, come se le confezioni di pasta e di farina avessero il potere di moltiplicarsi.

«Ti senti poco bene, Sara?»

«No, mamma, sto bene.»

«Non hai mangiato niente.» Sfiora la mano di papà come per indirizzarlo verso di me e allontanarlo dalle previsioni del tempo.

«Com'è la nuova scuola?» Papà mi sorride e ogni volta che lo fa ho l'impressione che sia più bello.

«Normale.»

«Avete anche un laboratorio di informatica, ho saputo.»

«Credo di sì, ancora non l'ho visto.»

«Bene, è importante.»

Si accontenta. I genitori lo fanno. Si fidano delle risposte. A volte non ascoltano le tue, immaginano le loro e così la fiducia è totale.

Stella sbuffa, non le interessa affatto la mia nuova scuola. Vuole andare al cinema. Lei non ha cambiato scuola e i suoi vecchi amici hanno il motorino e si vedono tutti i giorni.

Emilio mi viene in braccio e mi bacia sulla guancia ed è un bacio che resta lì con la saliva e il sale delle patatine.

Sulla parete di fronte, dal calendario Frate Indovino mi sorride con una trentina di denti bianchi, un miracolo alla sua età, e mi augura "buon lavoro". I consigli per l'orto sono in caratteri troppo piccoli perché riesca a leggerli dal tavolo. Ora la cucina è almeno quattro passi lunghi.

In questa scuola ci sono i distributori di merende e di bevande tutti intatti. Hanno messo dei sorveglianti a salvaguardarne l'integrità.

Oggi il preside nel corridoio mi ha fermata e mi ha chiesto il nome e la sezione. Poi ha fatto una domanda, ma non voleva una risposta. Ti trovi bene, vero? Ed è scivolato via sul pavimento senza far rumore lasciando un buon odore di colonia e di dopobarba.

Mi ha ricordato papà quando usciamo per andare in pizzeria anche se lui non si mette mai la giacca uguale ai pantaloni e la cravatta rosso bordeaux. Anzi, nessun tipo di cravatta. Dice che impedisce la circolazione sanguigna.

La bidella triste mi ha guardata appena e poi si è messa a scrivere su un foglio. La porta è aperta. Entro. Lo zaino mi sembra un macigno.

L'aula è deserta. Solo banchi sedie cattedra e cartine geografiche giuste.

Respiro meglio. Mi siedo al mio posto e comincio a seguire il volo di una mosca che cerca qualcosa di dolce. Io ho il mio sogno.

Bidella Triste si affaccia alla porta. Non so quanto tempo è passato, forse un'ora.

«Che cosa fai qui?»

«Aspetto.»

«Sono tutti dal preside, con i genitori.»

«Perché?»

«Come, non lo sai?»

«No.»

Sembra che si arrabbi, come se le avessi detto una bugia tanto per farla parlare, deve essere avara di parole.

«Sono a protestare.»

«E perché?»

«Per via del francese. Vogliono l'inglese come in tutte le altre sezioni e i genitori hanno minacciato di non mandare a scuola i figli.»

«Ma dai.» Mi è scappato. Se lo sapesse mia madre, che sogna Parigi e i parigini da quando la conosco e che va in visibilio quando dico *n'est-ce pas?*

«Non prendermi in giro, ragazzina. Vai a protestare anche tu, fuori di qui.»

Si è proprio arrabbiata. Vorrei chiedere scusa, ma poi sento Stella, che dice che nella vita bisogna farsi avanti e non chiedere troppo scusa. Gli altri ci si abituano e se lo aspettano da te. Sempre. Scusarsi di che, poi?

Esco cercando di confondermi con il muro mentre passo davanti alla presidenza. Si sentono le voci da fuori. Qualcuno della mia classe ciondola davanti alla porta masticando la cicca. Nessuno mi nota. Nessuno mi saluta.

Ai giardini le panchine non sono tutte vuote. C'è qualche mamma con i bambini nella carrozzina. Anch'io portavo Emilio a passeggio aiutata da Stella e certe volte correvamo a perdifiato sui marciapiedi e lui rideva come uno grande. Non lo abbiamo mai raccontato a nessuno per paura di essere sgridate o forse per tenerci quella risata per noi tre soli. Una risata segreta che lui regalava solo a noi due. Oppure legavamo il manico della carrozzina alla sella della bicicletta con una corda e poi andavamo davanti alla chiesa che ha il pavimento liscio e di nuovo la magia di quella risata.

Mi siedo e dico che fra poco andrò a casa. Ho le chiavi. Ho le chiavi da quando avevo otto anni e la mamma lavorava alla fabbrica di cioccolata e faceva dei turni stranissimi e il papà non rientrava prima delle due per via del traffico.

Io e Stella riscaldavamo il pranzo, polpettone, vitello arrosto, fettine impanate, e potevamo vedere in santa pace le soap. Ci piaceva la stessa. Quella che lei diventa cieca e il fidanzato la lascia, che poi la tradiva anche prima, quando ci vedeva. Lei, Maria Sol si chiamava, non si disperava troppo, si faceva coraggio e adesso suonava il violino nelle cerimonie, matrimoni, battesimi e feste. Un giorno si sentiva sfiorare il viso dal bacio di uno sconosciuto, bellissimo, ma lei naturalmente mica lo poteva sapere. Lo sconosciuto bellissimo spariva senza dire una parola e lei si sentiva di nuovo viva. Così io e mia sorella piangevamo come due fontane e qualche volta ci ritrovavamo abbracciate nella speranza che Orlando il bellissimo si facesse coraggio e si dichiarasse. Poi avevamo scoperto che anche lui aveva una storia tormentata.

Così mia sorella era giunta alla conclusione che non è vero che dopo la tempesta c'è sempre il sereno. A volte ci sono perturbazioni che arrivano da est e da ovest e provocano altri temporali.

Sulla panchina in legno ci sono incisi cuori e frecce e iniziali e parolacce. Vorrei scriverci il mio sogno per poter fare di quella panchina la mia panchina: così anche quando la guardo da lontano so che è mia.

«Ciao, anche tu gioisci per lo sciopero?»

La voce è di quelle che ti fanno sobbalzare, profonda e sonora.

I capelli biondi sono coperti da un cappello di stoffa di quelli con le falde e i ricami a fiori.

«Il secondo giorno di scuola e i prof scioperano, dove andremo a finire?»

Ride e mostra i denti e arriccia un po' il naso.

È che non ho molta voglia di parlare. Poi non la conosco. Non è come con Carolina che certe volte non c'è bisogno di dire niente e capiamo tutto. Anche quando si è presa una cotta per Francesco della terza B io l'ho capito senza che me lo dicesse. Si era proprio rimbambita. Non faceva altro che ridere e poi cantava robaccia di musica classica e all'improvviso si metteva a piangere.

«Sai una cosa? Guardandoti da là, da dietro le altalene, per un attimo mi sei sembrata Cenerentola!»

Scatto come una molla.

«Non sono Cenerentola!»

Me ne vado verso casa e non mi guardo indietro.

Che cosa faccio, sola in casa? Giro per le stanze vuote. Non sono abituata a una casa senza persone, siamo anche troppi, dice mia sorella Stella, in genere le famiglie italiane si fermano a uno, al massimo due figli. Emilio è stato un incidente, dice la mamma e ride forte e poi lo cerca e se lo bacia tutto ad aspirapolvere, come fosse arrivato un regalo.

Non è noioso, mio fratello, anzi, è un tipo silenzioso che gioca per ore con i soldati e con i dinosauri; li schiera su due fronti opposti o intorno al tavolo e parla con loro.

Neppure Stella si lamenta di lui.

A casa da sola ci sto quando ho mal di gola o mal di pancia. Quando abitavamo nel vecchio quartiere c'era Giovanna che veniva a tenermi un po' di compagnia. Una di quelle brontolone settantenni che sanno fare la torta al cioccolato più buona del mondo e che ti controllano la febbre ogni ora. Abitava al piano di sopra con tre gatti e due pesci. Ogni volta che veniva era la stessa storia: ogni due secondi a guardare l'orologio e a preoccuparsi della solitudine dei gatti e dei pesci.

In realtà però lo sapevo che le piaceva stare con me. Mi raccontava dei figli e dei nipoti, della povertà che aveva dovuto subire cinquant'anni prima quando era venuta in città con "due pezze" e solo gli occhi per piangere e io qualche volta l'ascoltavo, altre no, accendevo la radio e la sua voce diventava una specie di sottofondo. Così mi sono persa parecchie cose, ma sinceramente non me n'è mai importato granché.

La casa vuota nuova ha il ronzio monotono del frigorifero e quello più secco che viene da qualche parte dagli infissi e dai muri.

Mi ritrovo ad aprire l'armadio della camera mia e di Stella. La mia parte è abbastanza ordinata, con la biancheria nei cassetti e i jeans e le magliette sui ripiani. Sono tutti di Stella. Me ne rendo conto per la prima volta. Non ho niente di mio mio. Niente che non sia stato indossato prima da Stella e poi quando non le entrava più è finito dall'altra parte dell'armadio. Anche le cose che indosso sono state comprate per Stella, la felpa rosa e i pantaloni beige che non sono a zampa di elefante.

Mi viene qualcosa di strano, una rabbia terribile da farmi allargare le braccia, e poi senza pensare comincio a buttare a terra tutto: camicie, maglioni, canottiere e pantaloni. Mi rimane in mano una t-shirt rossa con una macchia di candeggina sulla cucitura che mia madre ha coperto attaccandoci un adesivo in stoffa di Lupo Alberto.

Su quella mi calmo e mi metto a piangere.

Oggi non protesta nessuno, dice Bidella Triste. Sei anche in ritardo, aggiunge, chissà che non chiamino i tuoi genitori a giustificarti, finisce.

Busso e aspetto l'avanti. Entro e prendo posto con tutti gli occhi incollati su di me.

«Valenzi, cinque minuti di ritardo. *Avez-vous compris?*»

Non le dico che pensavo che anche oggi protestassero per via del suo francese da sostituire. Mi scuso.

«Vuoi darmi il tuo cellulare *s'il vous plaît?*»

Cado dalle nuvole.

«Allora? Manca solo il tuo. E spero sia un modello stile elfo, perché il cassetto è strapieno.»

Sento ridacchiare.

«Io non ho il cellulare!»

Si vede che lo dico in modo poco convincente.

«Valenzi, tu non mi conosci ancora, io sono un tipo anche tollerante, ma se scopro che mi stai dicendo una perfetta bugia, perfetta secondo te, voglio dire, te ne pentirai.»

Deglutisco e la guardo negli occhi scuotendo la testa.

«*Et bien, alors nous allons commencer.*»

Ci sono i verbi irregolari. La mia vicina di banco mi strizza l'occhio e poi si mette a frugare nell'astuccio marrone con cinque chiusure, grande quanto un libro di storia.

«Sei stata grand, non credevo fossi così coraggios. Ma stai attenta, devi fare come noi, uno glielo consegniamo, l'altro lo teniamo e ci scambiamo i messaggi e anche i compiti. Mi dici il tuo numero, così lo memorizzo?» sussurra.

Penso al numero di casa e glielo scrivo.

«Ma no scem, quello del tuo cellulare.»

Così lo vedo, ha un telefono in mano, blu notte con le rifiniture color argento.

«Non ce l'ho, il cellulare...» Lo dico e sento la vergogna farsi colore rosso nelle orecchie e sulla punta del naso.

«Oh!» Mi guarda, storce la bocca e rituffa le mani dentro l'astuccio di pelle.

Poi bisbiglia qualcosa voltandosi e sento una specie di mormorio.

Si chiama Monica, lo so dall'appello. Nessuno mi ha salutata l'altroieri, nessuno mi ha detto neppure un ciao striminzito. E oggi che mi ha rivolto la parola ho fatto la figura della cretin. Ho sentito che parlavano così, tagliando le parole all'ultima lettera. Volevo intervenire e ridere, poi mi sono bloccata perché Benedetta ha guardato le mie scarpe e ha esclamato:

«Guardate, non immaginavo che ne esistessero due paia uguali. Quelle brutture le indossa mia nonn per andare a fare jogging.»

Le altre hanno riso e si sono strette intorno a Monica e io sono rimasta lì fuori con le mie scarpe marrone con i lacci di cuoio e la suola di gomma.

Erano di mia sorella. Anche queste. La mamma ha detto che erano in buono stato e perciò all'interno le ha ripulite con l'alcol e ha passato due volte il lucido da scarpe neutro.

Sono orribili. Cerco di nasconderle mettendo un piede sopra l'altro. Stasera le butto via.

Monica ha le scarpe color avorio che sembrano scolpite direttamente nelle zanne dell'elefante. Non ne ho mai viste di così belle. Quando si muovono mandano dei riflessi del colore del lillà. Sono di una marca che conosco perché l'ho vista in tivù, ma non avevo mai pensato che qualcuno potesse comprarle.

«Valenzi, *alors, le verbe aller à l'imparfait...*»

Questo lo so, la prof della vecchia scuola aveva inventato una filastrocca che ci faceva ridere. Chissà che così non faccia una bella figura.

Però, e se poi. In fondo era una filastrocca stupida. Prendo tempo per decidere. Troppo.

«Vedo che non conosci l'*imparfait... c'est mal...* Un'estate tutta acqua salata e paninoteche? *C'est très mal.* Insufficiente.»

Chiude il registro. Io non ci sono. Adesso non ci sono.

Vorrei alzarmi e dirle che non solo conosco l'imperfetto, ma anche il futuro e il passato remoto che è molto difficile, ma poi vedo Monica che mi sorride e mi strizza l'occhio.

Sto zitta.

«Non preoccuparti, tanto questa se ne va. Il preside ha promesso a mia madre che avremo l'inglese. Io lo faccio tre volte la settimana, lezioni private. Sei in gamb.»

Sono in gamba. Ma se viene l'inglese io sono finita, non so niente.

Mi sorride di nuovo. Respiro meglio e l'insufficiente brucia di meno.

Monica, Benedetta e Francesca sono le star della classe. Nel senso che tutte le altre femmine le imitano e cercano di farsi piacere ciò che piace a loro e di odiare ciò che loro odiano.

Entrare nel loro gruppo è impossibile, dice Eleonora che durante l'intervallo è venuta a chiedermi in prestito un rossett che non avevo e poi un ombrett che non avevo.

Durante l'intervallo non si mangia, ci si trucca. Dice Eleonora che fa bene alla linea.

Mi sorride e mi stringe la mano. È simpatica. Ed è bellissima con le scarpe di pelle rossa e i jeans sfrangiati e lo smalto viola alle unghie.

Lo smalto io lo metto d'estate e solo sulle unghie dei piedi e bianco con le sfumature rosa.

Dice Eleonora che quest'anno va di moda il prugna e

che oggi pomeriggio andrà in centro a comprare qualcosa di adatto. Ha una sorella più grande. Mi chiedo se anche lei ricicli i vestiti, poi mi darei degli schiaffi. Quello che indossa è così nuovo che ha ancora l'impronta dell'etichetta del negozio.

Mi sforzo di non mangiare. Ho una fame terribile. L'odore della mortadella in mezzo al pane fresco è così invitante.

I maschi sono nel corridoio con i loro panini e le risate di barzellette e battute. Qualcuno occhieggia dalla parte delle tre che sono in disparte armate di pettini e di matite per occhi.

Nessuno guarda me. Io non sono nemmeno riuscita a imparare i nomi di tutti, le facce, i colori.

L'intervallo è finito. Bidella Triste mi guarda e mi fa un cenno con la mano come se stesse cacciando via una gallina capitata per caso nel pollaio sbagliato.

Si ricomincia e non ho fatto neppure la pipì. Torno al mio posto con un buco nello stomaco. Mi scappa la pipì. Da morire. Devono essere proprio eccezionali per resistere ai bisogni fisiologici. Come certi fachiri che camminano sui carboni ardenti o si sdraiano sui chiodi e sono capaci di rallentare il ritmo del cuore fin quasi a fermarlo e quindi non sentono il bisogno di mangiare e di bere.

Però queste vivono in maniera diversa.

Devo cambiare la mia vita. In fondo la mia vita, se devo dire un colore, è assolutamente grigia.

«Di solito bisogna pregarti perché tu finisca il caffelatte, questo è il secondo cornetto.»

Mamma lo dice con una certa soddisfazione. I cornetti li porta lei dalla fabbrica di cioccolata dove non si fa solo la cioccolata, ma anche torte, biscotti e simili, e per di più li paga pochissimo.

Papà invece si ferma a carezzarmi una guancia.

«Brava, mangia, la prima colazione è importante.»

Poi riprende la sua aria da bello e prende la divisa che mamma ha preparato ben stirata e appesa alla maniglia della porta della cucina ed esce cercando di nascondere la pistola.

Stella lo incrocia in corridoio e insieme accennano un passo di tango.

Emilio ha i capelli che sembrano una foresta fossile.

«Dobbiamo andare dal barbiere» gli dice la mamma mettendogli una mano tra i capelli.

Più o meno tutte le mattine così. Niente di nuovo. Niente di mio. Però stamattina mi riempio ben bene lo stomaco, così non ho bisogno di mangiare durante l'intervallo.

«Si possono avere due uova al tegamino?»

Mi guardano come se mi fossi trasformata in un'aliena.

Stella sorseggia dalla tazza blu la sua dose di tè al limone, ravviandosi i capelli con la mano libera.

«Vuoi metter su le scorte in previsione di un attacco nucleare?» Lo dice mettendo davanti alla mia bocca la tazza blu. Mi guarda con una specie di tristezza che le vedo addosso di solito quando ha la febbre e non può andare a scuola. Perché lei la scuola la ama. Ama tutto della scuola, anche i compagni e i prof.

«Le uova si mangiano per cena» borbotta Emilio strofinandosi gli occhi e ridendo della cosa che ha detto.

Mi arrabbio. Che cos'avrò chiesto mai? È possibile che se uno va di un millimetro fuori dagli schemi ti guardano tutti come fossi una bestia rara?

Controllo l'orologio ed esco in netto anticipo, lasciando la tavola apparecchiata e le uova ancora nel guscio, dentro il frigorifero.

Prendo a calci i sassi del viottolo dei giardini. È troppo presto. Fa freddo anche stamattina, dice il colonnello dell'aeronautica che il caldo tornerà, si tratta di un periodo transitorio. Cioè che passa. Come i pezzi della vita, un pezzo più lungo uno più corto.

Voglio costruire un pezzo nuovo della mia vita.

«Ciao, anche tu hai la bidella con la smania di beccare qualcuno in ritardo?»

«No, la mia è solo triste e combatte con una macchia sul pavimento, ma perde sempre. Forse per questo è triste.»

Ride, è quella che ho incontrato giorni fa, quando c'era la protesta. Chissà perché mi ero arrabbiata con lei. Non ricordo, ricordo solo che ero a terra e forse me la sono presa con il primo essere umano che mi è capitato a tiro.

Mi volto a osservarla. Ha lo stesso cappellino e i capelli che si muovono con il vento nascondendole un po' del viso. Sorride e gli occhi si allungano. Ora è come una cinese bionda. Le guardo le scarpe. Un paio di polacchini beige consunti con le stringhe annerite e senza più il laccetto di protezione in fondo. Ci ha fatto dei nodi per non farle uscire dai buchi.

«Sei nuova di qui?»

«Più o meno. Sì, sono arrivata all'inizio dell'estate. E tu?»

«Ah, io non abito qui. Più a sud-ovest. Ci vengo a scuola. Vedi quella costruzione avveniristica dietro la chiesa? Sto là.»

Allora fa il liceo classico. Eppure mi sembrava più piccola.

«Be' io devo andare.» Ho voglia di tagliar corto. Lei non fa parte della mia nuova vita.

«Sì, certo, anch'io. Volevo chiederti scusa.»

«E di che?»

«Di quello che ti ho detto quando ti ho incontrata la prima volta. È che è la mia fiaba preferita. Cenerentola, dico. Ma tu devi averlo preso come un insulto.»

Ah! Ecco cos'era. Mi ero arrabbiata per quello.

«Non preoccuparti» le rispondo. «In fondo avevi ragione, ma non sarà mai più così.»

«E come sarà?» Mi segue di qualche passo. Non molla.

Mi fermo e sento la sua solitudine accanto alla mia. Si guardano come due cani pronti a saltare sullo stesso osso.

«Sarà diverso da come è stato» sussurro guardando quattro foglie per terra diventate chissà quando di un colore giallo oro.

«Finora è stato così brutto?» Ha appoggiato il peso del corpo sul piede destro. Mia sorella dice che è la tipica posizione di chi prende tempo per osservare il mondo.

Se si scarica sul piede sinistro vuol dire che si è superficiali ed egocentrici.

«Non è stato brutto, solo non è stato» le rispondo, giurando a me stessa che quelle saranno le ultime parole che le rivolgerò. Lei non deve interessarmi. Lei non parla togliendo l'ultima lettera alle parole e non ha le scarpe alla moda e neppure uno straccio di zaino di marca.

«Allora auguri.» Si gira e comincia a correre con quelle scarpe beige, orribili, forse troppo strette per i suoi piedi da quaranta.

Monica mi ha prestato il suo rossett ross passion. Durante l'intervallo sono andata direttamente vicino alla finestra d'angolo che deve essere il loro quartier generale. Non mi hanno cacciata via. Anzi, Benedetta mi ha pure sorriso. Poi ha cominciato a pettinarsi.

Ha i capelli lunghissimi e lisci che passa con la piastra ogni mattina. Mi ha svelato che in realtà sono mossi, ma che non le piacciono le mezze misure, che le mezze misure sanno tanto di banalità. E lei odia la banalità. Non ho avuto il coraggio di chiederle cosa è banale per lei, ma mi sono ripromessa di scoprirlo.

Appena suona la campanella i maschi si precipitano fuori verso i bagni, con i panini ancora incartati in mano; Monica invece prende con calma il suo beauty e dopo aver fatto un cenno a Benedetta che lo fa a Francesca si dirigono verso la luce dove possono ammirarsi meglio. Solo dopo si può andare a occupare parte dello spazio. Eleonora è quella che può star loro più vicina e tempera le loro matite per gli occhi e Eleonora cara puoi reggermi lo specchio? Eleonora è fantastico il tuo nuovo gilet, ti dona, sai? L'hai preso in centro?

Eleonora mi ha detto che pur di entrare nel gruppo, Cecilia ha regalato a Monica un braccialetto d'argento, ma lei lo ha rifiutato, e si è anche offesa perché è allergica, può tenere vicino alla pelle solo l'oro.

Archivio l'informazione.

Anche i maschi sembrano intimoriti da loro. È strano e bellissimo. Nella mia vecchia scuola i maschi non ci davano mai pace, sempre a prenderci in giro con battutacce che ti facevano arrossire fino alle pupille.

Qui le ragazze sono guardate con una specie di deferenza e comunque sospese in un mondo a parte. Come regine. Sembrano regine. E io non voglio essere Cenerentola.

Carolina mi ha telefonato. Domani pomeriggio, che è sabato, viene a trovarmi. Vuole andare in centro a guardare le vetrine dei negozi e a mangiare il gelato. Con il freddo. Lo facevamo sempre, di mangiare il gelato con il tempo brutto e cercare di contare i brividi che ci venivano da dentro lo stomaco e sulla pelle.

Solo che lei fa parte di quello che non voglio più. Comunque non ho avuto il coraggio di dirle niente. Mamma non vede l'ora di rivederla e sta preparando il dolce con la crema di limone che le piace tanto.

Piove. Penso a quelle quattro foglie che sono diventate

gialle senza che me ne accorgessi e al mio sogno che puf, è sparito. Ne sento la nostalgia.

Mamma oggi fa il turno di notte, così può stare a casa con Emilio. Ha detto che vuole portarlo ai giardini, che ha bisogno di ambientarsi, magari lei incontra un'altra mamma e si mettono a chiacchierare e lui può avere un amichetto da invitare.

Il tavolo è ingombro di tegami e piatti. Mamma è disordinatissima quando cucina, sporca molto di più del dovuto e poi si lamenta sempre. La lavastoviglie l'ha fatta incassare nel mobile della cucina, ma non la usa perché succhia troppa energia elettrica.

«La userò» dice sempre, «magari quando vengono gli zii e non si può stare a lavare i piatti invece di chiacchierare.»

Vorrei chiederle perché non è stufa di fare sempre queste previsioni che mi sembra un colonnello dell'aeronautica e se piove devo prendere l'ombrello e se c'è il ghiaccio devo indossare le calze di lana.

«Voglio comprarmi un cellulare» dico con voce normale, raschiata prima da falsi colpi di tosse.

Mamma continua a fare ciò che stava facendo.

«Io voglio comprarmi un estintore!» ride, e apre il forno e la luce le fa diventare di fiamma i capelli.

«Io una ruspa con il motore» aggiunge Emilio contento.

Batto il pugno sul tavolo e i coperchi suonano.

Mamma si ferma dandomi ancora le spalle. Emilio mi guarda.

«Ehi, Sara, cosa ti prende? Ti senti male?»

«No, voglio comprarmi un cellulare.»

Mi ha detto Eleonora che per avere una cosa basta volerla. Lei chiede in continuazione, finché i suoi non capitolano sfiniti. Alla fine sei come una mosca noiosa e pur di farti star zitta ti darebbero un barattolo di miele.

I genitori si lamentano sempre dei soldi, fa parte del gioco. Ma se uno è furbo, se uno conosce i trucchi, allora i soldi si trovano sempre.

«Un cellulare? E a cosa ti serve?»

«Perché a te la lavastoviglie a cosa serve?»

Cambia posizione. Diventa più piccola. L'ho toccata nel suo punto debole. Un sogno, la lavastoviglie. Un sogno che non vuole far avverare, continua a lavare i piatti e le pentole nonostante sia lì a portata di mano.

«Era già inclusa nella cucina, non ho avuto il coraggio di farla togliere. Ma Sara, davvero...»

«Sì davvero, voglio un cellulare.» Mentre lo dico un'altra volta sento uno schiocco allo stomaco, come se cominciasse una crisi di singhiozzo, ma inghiotto e non ritiro niente.

«Sara vuole il sellulare, Sara vuole il sellulare, Sara il sellulare...» Emilio ripete la frase con le sue esse di troppo strillando per tutto l'appartamento.

«Ne parli stasera con papà, vedremo cosa si può fare.»

Ora si è accartocciata come le foglie di castagno dei giardini. Però aveva ragione Eleonora, i soldi si trovano sempre.

«Tu come ce l'hai, filippina, albanese o del Brasile?»

Monica che mi fa una domanda. Allora le interesso. Solo

che non capisco a cosa si riferisce. Questo mondo devo impararlo in fretta. Per fortuna la prof di italiano punta lo sguardo su di noi e ci riprende.

«Valenzi, allora, hai fatto il commento alla poesia di Palazzeschi?»

E come faccio? Il commento io l'ho fatto, ma l'ho dato a Monica che ieri era impegnata con suo padre in una manifestazione per la salvaguardia dei piccoli di foca e non aveva potuto proprio commentare. Sai queste riunioni come vanno a finire, no? Con cene e chiacchiere che ti stordiscono. Si torna tardi, molto tardi. Chi ha tempo per commentare. Si vive, non ti pare?

Già, sono io che sbaglio, non lei.

Sento gli occhi di tutti su di me, aspettano. Anch'io aspetto e mi vengono in mente le tre casettine dai tetti aguzzi, il verde praticello, l'esiguo ruscello di Rio Bo. E la stella innamorata che occhieggia con la punta del cipresso.

Potrei farglielo a voce. Dico sul serio.

La prof si toglie gli occhiali e li pulisce con un fazzolettino di carta. Sembra che stia prendendo una decisione. Nascondo l'affanno tossicchiando. Certo, insufficiente anche in italiano, e tutto nei primi dieci giorni di scuola, è davvero tanto. È davvero cambiare la vita.

«Non hai avuto tempo, vero? Magari sei stata chiamata da una nonna molto malata o da uno zio che veniva dall'America e non sapeva come orientarsi in città.»

Ridono discretamente.

«Potrei fartelo fare oralmente, in fin dei conti è la stessa cosa, tranne per la costruzione della frase. Però vedi, Valenzi, non mi piace. Non mi piace che ci si prenda gioco della scuola e delle sue regole. Non mi piace perché quando si crede di poterne infrangere una, tu mi capirai, si acquista una specie di licenza per infrangerle tutte.»

Insufficiente.

Il silenzio sa di gelato, quello da tremila brividi.

Gli occhi mi si gonfiano tanto che li sento tirare. Monica vicino a me alza la mano e chiede di poter leggere il commento. Io ascolto insieme agli altri le parole che ho scritto il pomeriggio prima cercando di isolarmi dal rumore del triciclo di Emilio e mentre ascolto guardo la sua gonna scozzese abbinata a stivaletti stile squaw di pelle aragosta.

Capisco dopo. È così semplice. La prossima volta ne devo fare due diversi, uno per me, uno per lei.

Qualcosa mi soffoca mentre la prof si congratula e scrive ottimo sul registro.

Monica si siede e sento il suo profumo, una cosa così soffice e impercettibile che non dà fastidio, ma ti spinge a stare più attento per capirne meglio la fragranza.

Monica mi parla, ma io non sento.

«Allora, com'è la tua? Filippina, vero? Pensa che la mia vuole il giorno libero pagato, mia madre si è così arrabbiata. E poi non stirano bene. Dice mia madre che le migliori sono le cinesi, ma si fa così fatica a trovarle.»

Annuisco. Non dico che non abbiamo una collaboratrice domestica e neppure il pensiero di averla e neppure la necessità di averla. Non dico niente, annuisco e Monica sembra contenta. Mi mette una mano sulla spalla sussurrando la prossima volta però scrivi più grande, hai una scrittura così minuscola che si fa fatica a leggere bene. Non mi piace inciampare sulle parole, sa tanto di balbuzie.

La prof si alza guardando l'orologio e fa un cenno a tutta la classe. Ha gli occhiali pulitissimi e per un attimo, mentre si volta per afferrare la maniglia, mi vedo riflessa lì dentro.

Carolina ha legato i capelli e si è tagliata la frangia. Sorride e mi abbraccia forte e non mi lascia. La mamma ha il giorno di riposo ed è uscita con Emilio per la spesa. Stella invece suona il clarino in camera sua.

«È bellissimo l'appartamento, è così grande.» Si siede sul divano e osserva le pareti.

Mi sforzo di essere allegra. Le dico del dolce che la mamma ha preparato e lei si precipita in cucina. Ne mangia una grossa fetta dicendo mmm ad ogni boccone.

«Sei dimagrita, Sara?» mi chiede e mi scruta.

«Ma no, che dici. È perché ci vediamo meno.»

«Perché non telefoni più?» Diventa seria. «Ti ho detto qualcosa di cattivo?»

«Ma scherzi? È solo che...»

Come faccio a spiegarle che a un certo punto si conosce qualcosa e si capisce che uno l'ha sempre desiderata, ma non ha mai avuto il coraggio di pensarla davvero come una cosa sua. Come faccio a dirle che i jeans che porta sono fuori moda di almeno cinque anni e che i capelli non stanno bene legati così in basso e che quelle maledette scarpe sono rovinate sulla punta e come cavolo fa lei a non essersene accorta che ci sono altri che sono come noi che hanno cose belle e che le usano per vivere meglio e che le felpe non vanno comprate ai grandi magazzini, tutta roba di importazione, senza finiture buone, a volte con i buchetti che la mamma aggiusta da sola pur di risparmiare, che non si può risparmiare su se stessi perché altrimenti il mondo ti lascia da una parte e tu ti senti peggio che solo, come se non fossi mai esistito.

«Ma che fai, piangi?»

«Ma no, che dici.»

«Lo so che ti manco. Anche tu. Sai che mi sono di nuovo innamorata? Volevo dirtelo al telefono, ma poi ho preferito dirtelo di persona. In fondo sei la mia migliore amica.

«Indovina chi è? Marcello, sì, quello coi brufoli, però ora sta facendo una cura omeopatica ed è migliorato tantissimo. Suo padre, quello delle barzellette, quando mi incontra mi strizza l'occhio. Credo che abbia capito. Un po' mi vergogno, è che lo incontro spesso, ha comprato un furgone giallo e ci ha fatto mettere il suo cognome scritto a lettere così grosse che è impossibile non notarle: CADURZI ELETTRICISTA.»

Respira. «Ieri Marcello mi ha regalato questo.»

Mi mostra una specie di pezzo di stoffa che poi sono fili intrecciati di colori diversi.

«Vedi che carino? Ci ha fatto scrivere il mio nome, mi ha detto che la signora cinese ha dovuto rifarlo due volte per farcelo stare, troppo lungo, continuava a dire, ma lui ha insistito. Non è bellissimo?»

Penso a quel sottile filo d'oro che ha al polso Monica, che è di tre tipi di oro diverso: bianco giallo rosso con appesa una piccola stella, così piccola che quasi non si vede, ma si sente quando appoggia il braccio sul banco e allora quella stella suona.

«Sì, è bello.»

«E tu?»

«Io cosa?»

«Come va? Chi hai conosciuto? Come sono i compagni nuovi? Insomma, Sara!»

La guardo e dentro lo stomaco lo schiocco diventa un rumore insopportabile.

«Usciamo, dai, prendiamo il gelato e contiamo i brividi.»

«Va bene, Sara, domani andiamo a comperare il cellulare, ne ho visto uno al centro commerciale che dovrebbe andare bene. Mamma mi ha detto tutto.»

Cosa gli avrà detto mamma non lo so, ma ho dovuto faticare poco. Eleonora ha dei genitori più tosti. Io ho chiesto solo tre volte. E allora perché non mi sento felice?

Stella sgranocchia carote e guarda dentro il bicchiere. Lei non ha il cellulare, eppure ha sedici anni e frequenta il liceo con ottimi voti. Non ha neppure il motorino. Perché non li ha mai chiesti. Doveva farlo. Vorrei dirle che se vuole glielo posso prestare. Però sto zitta e mangio la minestra.

Mia sorella taglia il pane a Emilio e gli recita una filastrocca sulla tovaglia che non si deve tagliare.

Mamma è al lavoro. Finisce il turno alle tre del mattino. Come i giornalisti, scherza, qualche volta ne incontro qualcuno sulla metro che appoggia la testa al sedile. Lavoro terribile, aggiunge.

Il papà di Francesca fa il giornalista. Quando mi hanno chiesto il lavoro del babbo, mi è scappato così, non so come, che fa il commissario di polizia invece della guardia giurata al centro commerciale.

Come quel bel ragazzo in tivù, ha detto Benedetta. Stipendio da fame, ha aggiunto, ma ho capito che era stato approvato.

Della mamma nessuno mi ha chiesto nulla, tutte danno per scontato che stia a casa a occuparsi dei cristalli e della filippina che vuole il giorno di libertà.

Stella sparecchia, Emilio le passa le posate da mettere nel lavello, poi va in soggiorno, accende la tivù e si mette in adorazione dei cartoni. Il papà si prepara a lavare i piatti.

«Vado a riordinare la camera» dico.

Il letto è a posto con la trapunta con i pesci e le alghe rosa uguale a quella di mia sorella, i libri sulla scrivania e la foto di me e Carolina al mare insieme dentro un'onda che ci fa sembrare due naufraghe.

Il clarino di mia sorella riluce dentro l'astuccio. È bravissima a suonare, la sezione del liceo che frequenta è musicale e i suoi amici sono tutti appassionati come lei.

Suonano anche fuori dalla scuola e hanno intenzione di

mettersi insieme in una band. Ha detto che l'idea le era venuta proprio mentre vivevamo la vita di Maria Sol, troppo tragica per non affascinare.

Mi metto a sfogliare un giornale di moda giovanile che mi ha prestato Eleonora, dice che ci vuole un certo allenamento per riconoscere le vere novità. Per esempio posso saltare tutti quei consigli su come lavare e asciugare i capelli, sono tutte cose sorpassate. Invece è importante stare attente alle tendenze in fatto di colori. I colori sono importanti. Lo sapevo che le farfalle hanno determinati colori per attrarre il maschio?

No che non lo sapevo.

«Ma che senso ha starsene lì tutto l'intervallo a truccarsi e non degnare neppure di uno sguardo i maschi?» ho chiesto io.

Mi ha guardata sgranando gli occhi e nascondendo l'ombretto rosa fucsia.

«Mica sarai così fuori! Non sono quelli i maschi che possono interessarci. Monica dice che come minimo dobbiamo guardare quelli dalla seconda liceo in su. Sono più interessanti, apprezzano le sfumature.»

Mi viene da ridere davanti alla foto di una ragazza vestita con pantaloni, maglietta, giacca corta, borsetta, cintura, cappellino, guanti, sciarpa. Su ogni capo d'abbigliamento hanno messo una targhetta con il nome della marca.

Sembra vestita di cartellini. Guardo i prezzi. La ragazza indossa lo stipendio intero di papà. Chiudo il giornale. Vado ad aiutare in cucina, anche se non è il mio turno.

Emilio si è sdraiato sul divano e ha gli occhi incollati su

Dragon Ball. Dalla cucina sento la voce di papà, parla con una specie di sussurro.

«Stella, non ti dispiace, vero? Lo so che te l'avevo promesso, il clarino, ma sai, c'è il mutuo e poi l'assicurazione della macchina questo mese. E sì, lo so, ogni mese c'è qualcosa ed è dura, ma vedrai, non sarà sempre così.»

«Non preoccuparti, papà, non fa niente, il mio è ancora buono, e poi ci sono affezionata.»

«No, Stella, è da cambiare. L'abbiamo preso usato e bisogna cambiarlo. Il prossimo mese, adesso prendiamo questo cellulare, se è importante per Sara. La mamma è preoccupata.»

«Devi andare a parlare con i professori, papà.»

«Sì, certo è la cosa migliore. La prossima settimana posso cambiare il turno. Poi forse ho trovato un lavoretto con un amico. Installano antifurti e cercano un aiuto. Pagano bene. Li metto da parte per il clarino.»

«Non devi, papà. Meglio se stai qui. Emilio ti cerca e Sara...»

«Ma cosa le sarà successo? Stella, cerca di parlarle.»

Scappo via nel corridoio, in silenzio, con la vergogna che mi si spalma addosso, dentro il letto, infilo la testa sotto al cuscino e penso a mio padre che cerca un altro lavoro perché io chiedo il cellulare e a mia sorella che rinuncia al suo clarino per il cellulare, a mia madre che non protesta se io chiedo il cellulare. Perché pensano che sia importante per me. Mi addormento tra i singhiozzi.

*

Stanotte è venuto di nuovo il sogno.

Le braccia stavolta mi stringevano di più e la pelle era calda e morbida. Era una specie di ballo anche se la musica non la ricordo, forse era un valzer, uno di quelli che qualche volta suona mia sorella. Ho visto la sua mano, sulle nocche c'erano dei piccoli disegni, delle grinze sottili che la pelle formava. La mano grande con le dita lunghe e le unghie perfette, ho pensato a uno che scrive con la tastiera. Mano che sfiora.

Mi sono svegliata con la voglia di dormire ancora, di non farlo scappare via, di tenermi stretta tutto il giorno, tutto il tempo; di darmi coraggio.

La mamma dorme e Stella prepara la colazione. Ha già vestito Emilio con una salopette che riconosco.

Si sente un odore diverso. Nella padella friggono due uova.

Emilio fa le boccacce e cerca i suoi cereali al cioccolato.

«Non sono per te, scemo. Sara prendi le uova.»

«Non mi vanno» rispondo, e mi sento un verme.

Stella sbatte il coperchio sul piano della cucina facendo sobbalzare Emilio.

«E adesso la devi smettere. La devi smettere. Cosa cavolo ti succede? Se è per quelle stupide che sono in classe con te, dagli quattro sberle e lasciale perdere.»

Dopo un attimo mi chiedo come mai le conosce.

«Sai chi sono?» le chiedo senza paura.

«No, ma ce ne sono in tutte le classi o quasi. Ci sono, esistono, come esiste il morbillo, la varicella, il mal di cuore, la fame nel mondo.»

Se ne va portandosi via Emilio e lasciando che la porta della cucina faccia rumore nel chiudersi e prima di sparire strilla di non lasciare la merenda già incartata sul tavolo come ieri.

Esco anch'io dopo aver riordinato la cucina. Cambio anche gli strofinacci e metto quelli sporchi in lavatrice. Il pentolino del latte è difficile da pulire. Canticchio tra me pensando al mio sogno. Prendo i libri e controllo l'orario. I compiti sono tutti a posto. Devo recuperare. Ho chiuso il precedente anno scolastico con un buon giudizio finale e molti distinto, anche in francese e in italiano.

Mi viene voglia di non attraversare i giardini stamattina, ma i viottoli deserti sono così invitanti che rallento sotto il castagno.

«Ciao, è un po' che non ci si vede.»

Mi viene da sorridere. «Ciao» dico.

«Oggi va molto meglio, vedo.»

«Come fai a vedere?» Appoggio lo zaino sulla panchina.

«Hai la faccia più rotonda.»

«Io sono Sara.»

«Bene.»

«Come bene? Tu chi sei?

«Chi sono? Non lo so mica. Ho solo dodici anni e a qualcuno non basta una vita per saperlo. Comunque il mio nome è Camilla.»

Stamattina ha dei pantaloni sformati tenuti alla vita da una specie di corda e la camicia a quadri le arriva ai fianchi. Sembrerebbe un contadino se non fosse per il solito cappellino. Somiglia più a uno spaventapasseri, di quelli che si vedono nei disegni in mezzo al grano maturo e col sole caldo.

«Vieni sempre qui, ai giardini?» chiedo, tanto per parlare, per non fare proprio la scortese.

«Tutte le mattine. È che ho un appuntamento.»

«Così presto?»

«Eh, sì, il mio amico è mattiniero.»

Si incontra col fidanzato all'alba. Una come lei ha il fidanzato?

Fruga nello zaino e tira fuori un binocolo, me lo porge ridendo.

«Ti aspettavi dell'altro, vero? Guarda, guarda lassù.»

Vedo tutto confuso finché non trovo la giusta posizione. Le foglie sono montagne e ne vedo chiaramente anche le nervature e le macchie e i rametti sembrano grossi pezzi di liquirizia.

«Sembra di starci dentro, vero?»

«Sì. È così. Dentro.»

«Aspetta, guarda ancora.»

Chissà perché le do retta. Rischio un altro ritardo, e poi se Monica o Benedetta mi vedessero insieme a lei chissà cosa penserebbero.

Però guardo.

Dalla parte di quel ramo, vicino alla biforcazione. «Aspetta» mi dice sicura, appoggiando un piede sulla panchina.

Aspetto. Non succede niente. All'improvviso capisco che qualcosa di diverso succede tra le foglie. È qualcosa di impercettibile, come un ciao con la mano da un treno in corsa.

Poi vedo la testa che esce. Da dove?

«Scavano il nido dentro i rami» dice sussurrando. «È una cosa rara, un picchio verde. Tutte le mattine vengo qui a vedere il suo risveglio.»

Pazzesco, ma non lo dico.

Le restituisco il binocolo. «Come mai ti interessi di uccelli?» le chiedo.

«Boh. Forse perché sanno volare. Sembra stupido, eppure quelle ossa cave fanno la differenza.»

Penso che sa molte cose. Quasi troppe per una di... dodici anni. Ma se ha la mia età allora perché va al liceo classico?

Guardo l'orologio. È tardissimo. La saluto e scappo.

Bidella Triste oggi non è al suo posto e la macchia è incustodita. La porta dell'aula non è ancora chiusa. Entro col fiatone. Lo capisco subito che è successo qualcosa. Sono tutti seduti e De Mori si morde le unghie.

Vicino alla cattedra c'è il preside con la prof di matematica, la Mirosi.

Sono tutti e due in assetto di guerra.

«Chiedo scusa» dico.

La prof mi fa cenno di sedermi. Eleonora ha la faccia bianca e con gli occhi mi manda strani segnali.

Monica guarda annoiata il piano del banco.

«Allora siamo intesi, voglio il responsabile in presidenza non oltre le quattordici. Altrimenti l'intera classe verrà sospesa.»

Il preside parla con la bocca che si muove appena, non

gesticola neppure, ma gli occhi al contrario si muovono fulminei da una parte all'altra.

Devo avere uno sguardo chiaramente perplesso, perché appena uscito lui la Mirosi mi spiega che c'è una specie di ultimatum.

Il padre di una ragazzina di I A ha detto al preside che qualcuno della nostra classe ha chiesto alla figlia più volte dei soldi, minacciandola, anche.

Lei all'inizio si è rifiutata e le sono successe cose strane. Ha trovato il giubbotto di pelle tagliato di netto alle maniche e poi è inciampata sulle scale ed è caduta in avanti mentre usciva da scuola.

Quando ha pagato non è più successo nulla. Piccole somme, certo. Il padre l'ha scoperta a frugare nel suo portafogli e lei ha ceduto, ma non vuole dire il nome. Solo che è di questa classe.

Dice queste cose tutte d'un fiato come a sbrigarsi, le ripete solo a mio beneficio, guardandomi un po' più interessata alla fine.

Valenzi, tu sei nuova di qui e questi fatti non erano mai successi prima. Accidenti, sta pensando questo. Poi mi rilasso e capisco che la prof è un po' miope e a volte si fissa guardando le cose.

«Che noia, non trovi?» Monica ha un rossetto color oro. È strano, sembra una statua.

«Ma chi è?» le chiedo, le regine sono sicuramente informate su tutto quello che accade nel castello.

«Ma nessuno. Quella di sicuro è una povera pazza che

per trovare un po' di attenzione si è inventata la storia delle tangenti.»

Mi metto a ripassare il teorema di Pitagora e la sua applicazione sul triangolo rettangolo.

Ma ormai il dubbio c'è. I maschi mi sembrano i più probabili. Come Firenzi, che ha proprio uno sguardo da taglieggiatore. Ma che dico? Sono proprio stupid.

«Stasera andiamo in discoteca, vuoi venire con noi?»

Mi manca il fiato. Mi vogliono con loro. Un passo avanti, non un passo, un salto.

Poi penso che mia sorella ha avuto il permesso di uscire la sera solo un anno fa, quando aveva quindici anni, e poi ancora che non ho niente di speciale da mettermi anche nel caso che mio padre e mia madre si prestino a qualche esperimento scientifico istantaneo al cervello che cambi il loro modo di pensare.

«Dici che vai a studiare da Eleonora e che dormi da lei, anche noi facciamo così. Eleonora rimane in casa e se qualcuno telefona lei è lì che ci copre. I suoi stasera sono a teatro e prima dell'una non tornano. È semplice, no?»

Annuisco e incrocio le dita. In discoteca non ci sono mai andata di sera, solo di pomeriggio un paio di volte per il compleanno di Carolina. Ci hanno accompagnato i genitori e sono rimasti fuori ad aspettarci per tre ore con un freddo che gelava anche i fiati.

Mi piacerebbe andarci. In fondo non c'è niente di male, uno va a ballare e si gode la musica e beve coca cola.

«Ma scusa, ci faranno entrare?»

«Non preoccuparti, il cugino di Francesca conosce tutti, ci accompagna lui. Va all'Università. È tutto previsto.»

Le regine prevedono tutto, organizzano, danno ordini, si fanno rispettare. Non tutte sono regine. Però si può imparare a diventarlo.

Eleonora mi dà il suo indirizzo e mi dice che non le dispiace di non venire, sarà per la prossima volta. Monica si ricorda dei favori che le fai. E poi stasera c'è un bel film alla tivù e la cameriera prepara il budino.

Poi abbassa la voce fino a farla diventare un sussurro impercettibile.

«In fondo non mi piace molto la discoteca.»

«E allora perché ci vai?» le chiedo.

Fa spallucce e non risponde.

«Pettinati, sembri un rospo» le ride dietro Francesca, e lei chiede di andare in bagno e quando ritorna ha i capelli diversi. Francesca neppure la guarda.

Emilio ha la febbre, la mamma ha chiesto un permesso e sta a casa. È un pomeriggio con il sole, la temperatura è aumentata di qualche grado.

«Ha la gola rossa» dice il pediatra posando l'abbassalingua sul comodino. «Forse ha sudato, vero, bel giovane?»

Emilio conta le figurine dei Pokémon. Sbaglia più volte con i doppioni e ricomincia daccapo, caparbio, tenace, quieto.

«E tu, Sara, accidenti, come sei cresciuta!»

Il pediatra non è nuovo, è il dottore che avevamo anche

quando abitavamo nella vecchia casa. Si veste sempre come uno sportivo, ha la mania delle passeggiate ed è contro l'uso eccessivo di medicinali.

«L'organismo sviluppa le sue difese, bisogna intervenire solo quando proprio non ce la fa. Però bisogna lasciargli il tempo. Per ora quindi niente antibiotico. Spremute di frutta e qualche gelato.»

«Insalata pure, vero dottore?» Mamma ci prova sempre a corrompere il dottore, nella speranza che Emilio dia retta almeno a lui.

«Insalata? Sì certo, ma anche patatine. Un bel piatto di patatine fritte con insalata.»

Emilio lascia le figurine e il suo sguardo si fa sospetto. Mi viene da ridere.

«Sara, sei proprio diventata carina, non che prima non lo fossi, però...»

Dico grazie ed esco dalla camera.

Devo trovare il modo di farmi dare il permesso. Di solito, quando uno di noi si ammala, la mamma diventa distratta per tutto il resto.

«Posso andare a studiare da Eleonora? È una mia compagna.»

«Ma certo, tesoro. Anzi, mi fa piacere. Dove abita?»

Le dico l'indirizzo.

«Mmm, è un po' lontano, ti accompagno con la macchina. Però non posso lasciare tuo fratello.»

«Ma scherzi, vado con l'autobus. E poi mi ha invitata a cena. E anche a dormire.»

Mamma toglie la pezzuola bagnata dalla fronte di Emilio e la guarda. La pezzuola.

«Non credi di correre troppo? Per oggi puoi andare a fare i compiti, poi la inviti tu e magari un'altra volta si può fermare a cena.»

Penso ad Eleonora che entra in questo appartamento e a mamma che la fa accomodare in cucina. Penso a mamma con la sua tuta da ginnastica e a Emilio con la salopette che prima è stata mia e prima ancora di mia sorella.

E allora mi monta di nuovo la rabbia.

«Per una volta che vengo invitata a dormire da un'amica tu devi farla così difficile.»

Mi metto una mano sulla bocca come a impedire alle parole di uscire. Però le ho già dette.

Mamma si alza di scatto dal letto e mi aspetto un ceffone. Invece si ferma. Aggiusta le coperte intorno a Emilio. Sembra prendere tempo.

«Va bene» dice. «Se è così importante per te. Capisco che per te è difficile. Difficile cominciare daccapo. Vai pure. E prendi i soldi per l'autobus, sono al solito posto.»

Non si volta.

Ho come un vuoto da qualche parte. Però vado in camera e preparo lo zaino. Nell'armadio prendo i jeans puliti e una maglietta a maniche corte con i fiorellini stampati. Metto tutto nello zaino. I capelli sono lavati. Prendo il lucidalabbra di mia sorella, quello alla fragola.

Nel cassetto del mobile dell'ingresso ci sono i soldi. Li conto. Centodieci euro.

Non so quanto costi la discoteca. Per non rischiare prendo cinquanta euro e li infilo nella tasca dei jeans.

«Ciao, ma'» dico.

«Ciao, stai attenta» mi risponde.

Esco in fretta prima che quel vuoto si riempia e che trabocchi e poi magari vomito e viene la febbre alta anche a me.

La casa di Eleonora non è un appartamento. È una casa con il giardino intorno e il piano terra con la zona giorno e il primo piano con le camere da letto e i bagni.

Mi ha aperto una signora con il grembiule, la domestica. Eleonora è arrivata subito con i capelli avvolti in un asciugamano che sembra morbidissimo.

La signora con il grembiule bianco adesso è andata a preparare il tè. Eleonora mi fa salire nella sua camera. Il computer è spento. «Non lo uso quasi mai» dice. Le altre arrivano più tardi. «Ah, per cena c'è il macrobiotico. Mia madre è fissata. Se non ti va, tanto puoi rifarti più tardi, in discoteca. Ma non te lo consiglio, Monica detesta che si mangi, fa tanto volgare.»

Apre una porta e vedo lo spogliatoio. Come nelle case dei film.

«Prendi quello che vuoi.»

«In che senso?» chiedo.

«Ma sì, mica vorrai andare così.»

Tiro fuori dallo zaino le mie cose. Lei si mette a ridere.

«Sei matt? Ti scambiano per una lattante.»

Mette sul letto una gonna nera cortissima che quando la

muovi ti ritrovi negli occhi l'oro e l'argento insieme.

«Provatela. Con quelle scarpe.» Indica un paio di sandali con il tacco.

«Non posso.»

«Non fare la cretin. Tanto io non li metto più. Li avrei buttati via. O dati alla Caritas.»

Mi dovrei sentire offesa. Invece non lo sono. Non lo fa apposta, fa parte di questa vita che non conosco ancora. Mica si può giudicare se non si conosce.

«Sei uno sball. Guardati allo specchio. Certo, manca un po' di trucco, ma a quello ci pensa Francesca. È bravissima. Pensa che una volta ha truccato me e tutti pensavano che avessi compiuto diciott'anni.»

Lo dice con orgoglio, come se si trattasse di un dono, come saper scrivere o dipingere. In fondo lo è.

Mi guardo allo specchio e per un attimo non mi riconosco.

La signora con il grembiule porta il tè in soggiorno. Francesca, Monica e Benedetta sono arrivate e mi abbracciano e mi baciano sulle guancc lievemente come se non ci vedessimo da mesi.

Hanno tutte delle borse in mano.

«È per via del cambio» dice Benedetta. «Mica possiamo uscire di casa così.» Indica me che mi vergogno.

«Mio cugino viene a prenderci alle dieci.»

Mi devo abituare a questo tipo di orari. In genere vado a dormire verso quell'ora e sbuffo con mia sorella che legge e che non spegne la luce.

La sorella di Eleonora ha una camera tutta sua e a volte non si vedono per tutto il giorno. Già, è facile non incontrarsi in una casa così grande.

La signora col grembiule se ne va. Avverte Eleonora e prende il cappottino, un loden verde che le arriva a metà coscia.

Si è fatto buio e le luci nel salone fanno apparire cose che non avevo notato. Il camino, i quadri alle pareti, i vasi di fiori.

Monica comincia a provarsi pantaloni e magliette finché non sceglie una gonna pantalone azzurra e una camicia scollatissima dai disegni geometrici.

Prepara lo spray azzurro per i capelli e sta assorta a contemplare tutte le bottigliette di profumi che si è portata.

Però, che organizzazione.

La mamma di Eleonora entra, fresca di parrucchiere, saluta, sparisce fulminea.

«C'è una prima a teatro» dice Eleonora. «È cosi eccitata per via di quell'attrice come si chiama che è stata sua compagna di classe al liceo. Le ha mandato i biglietti, lo fa sempre quando viene in città.»

«Mi piacerebbe andare a teatro.»

Monica mi guarda stringendo le labbra. Disapprova.

«Volevo dire che be', io l'anno scorso ho recitato il ruolo di Giulietta e mi è piaciuto molto.»

Benedetta fa due passi avanti come il soldatino di mio fratello quando gli dà la carica, poi si gira verso le altre e comincia a ridere.

È come un segnale. Ridono tutte, Eleonora dandomi pacche sulla spalla, Monica guardandosi allo specchio, Francesca si piega addirittura in due, come se avesse mal di pancia.

Io rimango a guardarle ridere di me.

Carolina aveva detto che ero stata brava, che avevo dato un'intonazione tragica perfetta.

Anche la prof di italiano si era complimentata. Certo, loro non mi hanno visto.

«Scusa, Sara, è che sai, non ti ci vediamo proprio nel ruolo di Giulietta.»

Monica smette di ridere e a fatica anche le altre la imitano.

Mi siedo sulla poltroncina che è come un sofà ai piedi del letto e sto zitta.

I genitori di Eleonora stanno per uscire, ci danno la buonanotte. Il papà di Eleonora ci fa vedere dove sono nascosti i cioccolatini, ha detto che non lo dobbiamo tradire, ci ha impiegato una settimana a scovarli. Ride di gusto e le guance gli tremano. È un po' grasso, sembra simpatico.

Il cugino di Francesca arriva fra un'ora. Non c'è tempo da perdere. La camera si trasforma nella camera di mamma al cambio di stagione.

Francesca mi trucca e mi pettina. Monica chiede il phon e cambia per tre volte pettinatura.

«Mi piace questo casino» dice, e si fa gli occhi blu.

Benedetta si mette lo smalto e soffia sulle unghie.

Si sente la porta di ingresso sbattere.

Eleonora ci chiama. Il cugino è arrivato.

Quando mi vede mi dà un buffetto sulla guancia. È pieno di gel nei capelli e ha la barba tagliata a formare una specie di filo intorno al mento, come un filo elettrico sull'albero di Natale.

Eleonora ci saluta, non vede l'ora di mandarci via. Saliamo su una Fiat non so che, con dentro una musica assordante. Il cugino di Francesca, Flavio, canta in inglese e non riesco a capire se sia un buon inglese e i suoi occhi camminano dalla strada al sedile posteriore.

Mi prende un po' di paura. Se questo andasse a sbattere, i miei impazzirebbero. Mia sorella forse mi picchierebbe, senza pensare alle mie eventuali ferite. Mi viene voglia di scendere. Poi però penso che non faccio niente di male. Niente.

Arriviamo davanti alla discoteca. Il piazzale è quasi deserto.

«È che è presto» dice Flavio, «ma voi siete ancora delle Cenerentole.» Ride e ci apre la portiera come i veri cavalieri.

Anche papà lo fa qualche volta con la mamma.

La discoteca è annunciata da una insegna luminosa con le lettere che si accendono a intermittenza. Si entra in un tunnel dove tutto diventa fluorescente, Monica che è vestita d'azzurro sembra un fantasma che volteggia nello spazio.

Mi gira un po' la testa, gli occhi si abituano. Sento la musica. Ci sono alcuni ragazzi appoggiati alle pareti del tunnel. Flavio fa un cenno e quelli ci ignorano.

Alla cassa comincia a battermi forte il cuore. Flavio parla

con quello che deve essere il buttafuori, che annuisce.

Monica fa il biglietto ed entra. Quando Francesca sta per pagare il suo, le tocco la mano.

«Credo di aver lasciato i soldi nella tasca dei jeans. Come ho fatto a non ricordarmene, non so.»

Francesca neppure si gira. Sento il profumo della lacca nei capelli.

«Mi dispiace» dice, «ho i soldi solo per me.» Prende il foglietto di carta rosa con consumazione inclusa ed entra.

Benedetta neppure mi fa parlare.

«Non pensare che io possa pagare il tuo biglietto, non ho soldi da buttare.»

«E io come torno?» sussurro.

«C'è l'autobus, no? Anche se non paghi il biglietto, non è detto che arrivi il controllore. Puoi farcela.»

Mi sento addosso un dolore che piano piano entra dentro. L'uomo alla cassa mi guarda aggrottando la fronte.

«Ragazzina, tu sei sicura di poter stare qui?»

Non rispondo e scappo via. Dentro il tunnel dei fantasmi e poi fuori nel piazzale buio con la gonna troppo corta che mi fa entrare il freddo dappertutto e la camicia di voile sopra il top che è come non avere niente addosso.

Il groppo si scioglie e mi metto a piangere e con le lacrime vien giù una roba nera che mi sporca le mani.

Arrivo alla fermata dell'autobus che per fortuna è illuminata. C'è un signore ad aspettare che cerca di leggere il giornale.

Mi metto da una parte e cerco di farmi piccola piccola.

Che cavolo ho fatto. Quelle non mi avrebbero mai accettata! Voglio tornare a casa, ma poi decido di no. È meglio la casa di Eleonora, per cambiarmi, lavarmi, tornare Cenerentola.

Mi sento toccare la spalla, sussulto. Il signore col giornale mi avverte che sta per arrivare l'autobus e se ho bisogno di qualcosa. Scuoto la testa. Sono le dieci e mezzo. Voglio il mio letto piccolo con la trapunta coi pesci, voglio sentir suonare Stella e voglio sognare sul mio cuscino. Presto. Subito.

Dentro l'autobus un ragazzo mi guarda le gambe. Mi vergogno. Mi siedo cercando di coprirmi con quei pochi centimetri di stoffa.

Il conducente aziona la chiusura delle porte e sento l'autobus partire. Le luci dell'insegna della discoteca sembrano lontane come l'America.

Vedo una figura appannata avvicinarsi. La luna le balza addosso e per un istante vedo solo la mano che posa sulla spalliera del sedile davanti al mio.

È una mano lunga, delicata. È la mano del mio sogno. Stropiccio gli occhi e cerco di mettere a fuoco.

Ti senti bene? dice la mano. Cioè, dice il mio sogno. E la sua voce suona così irreale che non provo neppure a rispondere. Devo essermi addormentata, deve essere un sogno. E come al solito non vedo il volto di chi parla.

Eppure mi accorgo dell'autobus che si ferma e del signore col giornale che scende aggiustandosi gli occhiali che calano sul naso. Se vedo tutte queste cose, allora non deve essere un sogno.

La voce mi sembra familiare, nel mio sogno nessuno parla. E allora?

«Ehi, Sara. Hai fumato?»

Firenzi. Mattia Firenzi. Oddio. Cerco di ricompormi.

Sento ridere, e allora lo vedo. I suoi occhi mi sondano e non riesco a capirne il colore.

«Scusa se rido» dice, «ma vedessi la tua faccia.»

Cerco di guardarmi sul vetro del finestrino e vedo una specie di pagliaccio con gli occhi cerchiati dal nero del rimmel colato e i capelli appiccicati alla fronte, il viola del rossetto è andato a finire intorno alla bocca, tutto sbavato. Mi dà un fazzolettino di carta, comincio a sfregarmi fino a che non sento la pelle far male.

Incontrare il mio sogno in queste condizioni. Abbasso la testa.

«Ma cosa ti è successo? Posso aiutarti?»

«No, non preoccuparti, ora va tutto bene.» Sento la mia voce. Sembra quella di Emilio nel delirio della febbre.

Mi dice che suo padre è il conducente dell'autobus e di solito il venerdì fanno l'ultimo giro insieme. Così mi ha vista subito, ma all'inizio non mi ha riconosciuta.

Ha la felpa bianca non firmata, bellissima. Le scarpe sono un po' infangate. Ha i capelli corti e ricci, devono essere morbidi. Allungo la mano e li tocco.

«Scusa, scusa.»

«Ma scherzi. Tutti cercano di toccarmi i capelli. Quando ero piccolo mia madre me li faceva portare lunghi e venivano giù a boccoli. Una vergogna, quando guardo le foto, e mia madre invece ci ha tappezzato la cucina. Chi entra per la prima volta chiede sempre: ma dov'è la bambina?» Ride.

Mi prende la mano e mi sento allungare. Cioè, proprio una crescita delle gambe e delle braccia.

«Hai bisogno di aiuto?»

No, adesso no, vado a casa di Eleonora e poi a casa mia, da mio padre che fa la guardia giurata ai grandi magazzini e da mia madre che lavora nella fabbrica di cioccolata. E c'è pure mio fratello che ha la febbre.

«Davvero non vuoi che ti accompagni?»

«Sì, davvero.»

«A scuola sei inavvicinabile. Stai sempre con le tue amiche. Però se vuoi qualche volta potremmo vederci. Se vuoi puoi venire a vedere gli allenamenti. Gioco a pallone. Non sono poi chissà che, ma.»

Già, sto con le mie amiche e mi diverto un mondo e imparo a guardare i sogni.

Eleonora mi guarda stranita.

«Per fortuna sei tornata. Tua madre ha chiamato due volte. Tuo fratello sta male, devono portarlo all'ospedale.»

Corro a cambiarmi. I miei jeans e la maglietta e il giubbotto che mia sorella amava tanto.

«Le altre dove sono?» mi chiede correndomi dietro con il budino nel piatto che traballa.

«In discoteca» rispondo secca.

«Ti hanno scaricata, vero? Be', non prendertela, lo hanno fatto anche con me, ma poi si è sistemato tutto. In fin dei conti loro hanno bisogno di noi. Ci ho pensato, sai. Se non ci fossimo noi che le ammiriamo, che cerchiamo di imitarle, che diciamo che sono eccezionali, sai, neppure esisterebbero.»

La guardo e la abbraccio.

«Non facciamolo più» le dico. «Se non esistono, chi se ne importa. Ora fammi telefonare, per favore.»

Stella risponde al telefono. «Sto arrivando, Stella.»

«Mamma è già in ospedale, la febbre è salita oltre i quaranta.»

«Mi dispiace.»

«Non è colpa tua.»

«No, della febbre no.»

«Già.» Riaggancia.

Ce l'ha con me. Lei sa. Lei ha capito, e anche mamma.

Suonano alla porta. Eleonora va ad aprire.

«Sono loro, vedi, che ti dicevo, in fondo sono buone, si sono pentite e sono tornate a casa.»

Apre con il sorriso, pronta a togliere l'ultima vocale alle parole. Una fitta mi raggiunge.

«Chiedo scusa. Sull'autobus hai lasciato queste.»

Mattia con in mano i sandali col tacco. Devo essermeli tolti mentre sognavo ancora.

Sorrido. Non sono miei, sono di Eleonora.

«Ora sei di nuovo tu.»

«Già» dico, e mentre lo dico giuro che voglio rimanerlo, con i jeans e la felpa scolorita e tutte le vocali nelle parole.

«Se vuoi mio padre può accompagnarti a casa. È qui che aspetta. Deve portare l'autobus alla rimessa.»

«Devo andare in ospedale» gli dico. «C'è mio fratello là.»

«Non fa niente per mio padre. Un paio di chilometri in più.»

Chiudo la porta dietro Eleonora e il suo budino che si sta squagliando sul piatto di porcellana.

«Sei qui, Sara!»

«Scusa, mamma. Dov'è Emilio?»

«È con il dottore, lo stanno visitando. La febbre adesso è scesa, ma ho avuto tanta paura.»

Lo dice tenendomi abbracciata, come se si fosse attaccata con la colla. Deve aver sudato, sento l'odore, il suo odore. Lo riconoscerei tra mille. Quando ero piccola e mi teneva sulle ginocchia e le nostre pelli si mischiavano, mi piaceva appoggiare il naso sulla sua spalla nuda e respirare forte, come se volessi risucchiarla.

«Papà è andato a cercare un medico, un suo amico» dice cercando di non piangere.

Un'infermiera cammina lungo il corridoio con aria tranquilla.

Anche mio fratello ha questa espressione. È un bambino tranquillo. Noi lo diciamo sempre, ma non lo apprezziamo veramente. Tra milioni di capricciosi, ansiosi, supervivaci, sempre annoiati, a me è toccato un fratello che non si lamenta mai, che non ha mai detto non ce la posso fare, uno tenace che trova sempre qualcosa da fare.

Guardo l'infermiera aprire una porta; mamma mi fa un cenno e io scatto.

«Scusi, mio fratello?»

«Ah, tu sei Sara! Quel ragazzo non fa che parlare di una certa Sara e di una magnifica Stella.»

«Sì, Stella è davvero magnifica.»

«Anche tu, a quanto vedo. Comunque sta meglio. Sì, signora. Sta davvero meglio. Niente di quello che temeva. Fra poco potrà entrare.»

Sorride alla mamma, non perdendo neppure per un istante il controllo di un corpo un po' tozzo che a guardarlo fa venire in mente un dolce panettone.

La mamma respira profondamente. Si mette una mano sulla fronte e poi la fa scivolare sugli occhi ad asciugare le lacrime.

«Avevo paura, paura di... ma perché parlarne? Grazie al cielo non è che una brutta influenza. Vai a casa con papà, qui rimango io. Vai a riposare.»

Papà ritorna e sembra che sia dimagrito. Saranno i pantaloni stazzonati, saranno i capelli spettinati e la camicia fuori dai calzoni. Mi prende la mano e me la bacia.

Come nei vecchi film. Il mio papà, bellissimo.

Quando arriviamo a casa è quasi mezzanotte. L'ora delle magie, dicono. L'ora di Babbo Natale che ferma il tempo e così riesce ad arrivare nelle case di tutto il mondo.

È difficile non crederci perché se ci penso ci sono magie che accadono tutti i giorni.

Stella è in camera e sta suonando. Immagino quante volte avranno telefonato quelli del piano di sopra. Sta assorta con in bocca il suo clarino e sembra leggere la musica dallo spartito, in realtà so che quest'aria la sa a memoria.

La suona a volte per Emilio, la ninnananna di Brahms, ma sono io che di solito mi addormento per prima. Forse è anche per questo che è un bambino tranquillo.

«Stella, sono tornata.»

Smette di suonare ma non mi guarda.

«Sono stata in ospedale, Emilio sta molto meglio.»

«Sono contenta.»

«Già. Ma non sei contenta di me.»

«No.»

«Hai ragione, Stella.»

«Ho sonno, vado a dormire. Buonanotte.»

Vorrei rispondere, ma l'oliva che ho infilata nella gola mi ruba le parole. Se le tiene strette.

Mi infilo il pigiama, bevo un bicchiere di latte in cucina mentre papà lava i piatti della cena.

Nella camera buia, sotto la trapunta, chiedo a Babbo Natale di fermare il tempo, di arrivare con due mesi di anticipo, di ingannare tutti con i giorni e le settimane e di fare in fretta perché non so cosa mi sta succedendo e siccome lui è uno che gira tutto il mondo, lui può saperlo.

«Sai, Stella... lo so che non dormi... Stasera sono stata in discoteca, cioè, quasi, non sono riuscita ad entrare.»

«Che cretina.»

«Ah, questo è sicuro.»

«E perché non sei entrata?»

«È che mi ero cambiata di vestito e avevo lasciato i soldi nella tasca dei jeans.»

Da sotto le coperte sento un borbottio.

«Ma dai» mi arriva la voce confusa con le risate, «che scema sei.» E poi arriva anche il cuscino, dritto sulla mia testa, come se avesse preso la mira.

Rido anch'io, e le risate soffocate sembrano le chiacchiere delle fate.

«È andata bene così» mi dice.

«È andata benissimo» sussurro. E le mando un bacio con le dita e lo spedisco con un soffio come ci ha insegnato la mamma. Poi le tiro il cuscino.

Il sogno è tornato. Solo che questa volta con una novità. La mano era la stessa. Niente novità, però poi c'era quel volto che stava posato sui miei capelli e stavolta c'era anche l'audio. «Hai lasciato queste nell'autobus.» C'era anche un profumo che all'inizio non capivo, poi mi sono ricordata.

Il profumo del cerone degli attori. Veramente non era proprio un odore sicuro. Era misto al sudore della pelle. Avevo dieci anni quando per la prima volta sono stata a teatro, a uno spettacolo da grandi, e c'era un'attrice famosa che recitava la parte della donna tradita che soffriva per amore ed era così vera che io non credevo quasi che fosse una finzione.

Alla fine dello spettacolo avevo lo stomaco in subbuglio e la mamma mi ha domandato se volevo andare a salutare gli attori nei camerini. Così una signora ci ha accompagnate. C'era altra gente, molta, e abbiamo dovuto aspettare quasi un'ora. Non c'era neppure un bambino, così ascoltavo le chiacchiere dei grandi, un po' annoiata. Guardavo le porte bianche con i numeri d'oro e pensavo alle persone di là che ricevevano fiori e sapevano essere altre persone.

Finalmente è stato il nostro turno. Mamma mi ha presentato e la signora era diversa da come l'avevo vista. Non soffriva più. Mi ha baciato e io ho sentito quell'odore particolare e la sua pelle sembrava così liscia. «È bello che una bambina venga a teatro» mi ha detto con la voce bassa, in un sussurro, e io ho pensato che forse non la voleva consumare la voce, che era importante tenerla per quando faceva finta di essere altre persone.

«Vuoi forse diventare un'attrice?»

Io mi sono accartocciata come sempre quando mi si fa una domanda così diretta sul futuro. Che strano, che io abbia così paura di me, dico.

Lei era bellissima con i denti larghi e il naso un po' storto e quell'odore addosso che era un po' il suo e un po' no.

Chissà perché è entrato nel sogno. Comunque sono felice perché anche se non ho ancora visto il volto ho sentito la voce, e la voce è quella di Mattia.

Stamattina c'è la brina. È la vera prima brina di quest'anno. Le altre al confronto erano spruzzate di rugiada. Il prato dei giardini sembra nascondersi e l'odore degli alberi è cambiato, è diventato più secco. Dentro la giacca a vento sto bene, calda e contenta che sia stata di mia sorella.

Emilio torna a casa nel pomeriggio. Tutto bene. La febbre è scesa, ci voleva solo un antibiotico. Forse dovrà togliere le tonsille. Be', ha detto la mamma, così ci farà spendere un patrimonio in gelati che sono la sua passione.

Camilla è sempre lì, fa parte dei giardini. La ragazza dei giardini, spettacolo teatrale di xy, interpretato dalla grande Sara. Sara e basta.

«Ciao!»

«Oh, ciao Sara, oggi deve andare benissimo.»

«Ho il viso rotondo?»

«No, hai gli occhi che brillano.»

«Ah! Be', forse hai ragione, va bene. Mio fratello sta bene e i sogni cominciano a farsi più completi. E tu?»

«Con questo freddo il picchio dorme di più, o anche se non dorme rimane al caldo dentro il nido. Se lo fa comodo; circa mezzo metro di lunghezza.»

«Camilla, tu cosa pensi di me?»

Ride, senza rumore.

«Sai niente sulle rondini?»

«Uhm, qualcosa.»

«Sai che la rondine ama stare vicino all'uomo e al nido resta fedele anche per dieci anni? Se è un po' sciupato lo restaura. La femmina depone le uova due, anche tre volte l'anno, e il maschio durante questo periodo si cura poco di lei, a volte si scorda anche di nutrirla e non si toglierebbe mai un insetto dal becco per lei. Però la va a trovare spesso e per rallegrarla canta»

«Però. Che roba! E cosa crede, che uno viva di canzoni?»

«Eh, sì, gli uccelli sono diversi da noi uomini. O no?»

«Cosa vuoi dire? Tu parli, certe volte, per… come si chiamano? Ah, sì, metafore.»

«Ehi, colpita e affondata. Ma questa non era una metafora molto profonda, sai. Era per dirti che io degli esseri umani capisco ben poco. Conosco di più gli uccelli. O forse spero che conoscendo gli uccelli imparerò a capire gli esseri umani, chissà.»

«Se ti dicessi che mi piacerebbe diventare un'attrice?»

Temo la risata, però non arriva. E chissà come mi è venuta questa idea. Adesso, in questo momento, e ho pensato di dirla proprio a lei, a questa patita degli uccelli che forse non ha mai messo piede in un teatro.

«Ho visto Vittorio Gassman interpretare Pirandello, *L'uomo dal fiore in bocca,* e anche *Romeo e Giulietta* di Shakespeare, però non mi ricordo i nomi degli attori. Non erano proprio famosi, erano molto bravi, però. Anche Shakespeare ha recitato, oltre a scrivere.»

«È un dono, la capacità di trasmettere emozioni» dice. «Chi lo possiede deve assolutamente metterlo a frutto. Quindi sbrigati. Iscriviti a qualche scuola, comincia a recitare. Non vedo l'ora di venirti ad applaudire.»

Resto senza fiato. Mi allungo sulla panchina e le do un bacio sulla guancia e poi scappo via verso la scuola.

Bidella Triste è sempre in contemplazione della macchia. Stamattina però la saluto, la saluto, insisto finché non fa una smorfia e io allora posso sorridere.

Mattia è già al suo posto e mi guarda facendomi un cenno con la mano. Sono così felice. Presto vedrò il suo volto nel sogno, ne sono sicura.

Sta per alzarsi, sta per venire verso di me quando l'ombra mi blocca. È Monica.

«Mi dispiace per ieri sera. Ti saresti divertita. Ma nessuno di noi presta soldi. Non siamo una banca. Tu capisci, vero?»

Ha le scarpe che fanno i colori dell'arcobaleno e la camicetta elasticizzata e il trucco perfetto sul viso lungo quanto basta per somigliare a una gazza.

Camilla mi ha detto che le gazze si nutrono delle uova di altri uccelli, ma non disdegnano nemmeno i nidi con i piccoli.

Non rispondo e vado al mio posto.

«L'hai fatta, la versione di francese?»

Eleonora mi parla con gentilezza. Annuisco e le sorrido.

«Non ti sarai dimenticata di me!» dice subito Monica. «Non ho avuto proprio tempo, siamo tornate tardissimo ieri sera. Lo sai, no?» aggiunge strascicando le vocali.

Sto per ribattere. Prendo l'aria nei polmoni, guardo Mattia che è chino sul libro e sta scrivendo qualcosa. Il coraggio arriva. Arriva anche il preside.

La prof lo accompagna. La gonna a pieghe le sfiora il ginocchio. Deve averla stirata da poco. Ha anche fatto la messimpiega. La fa stare bene, si vede che si piace di più stamattina.

Tutti in piedi. Il preside però non dice sedetevi come al solito. Posa la mano sul piano della cattedra e mi accorgo che ha le braccia corte rispetto al corpo. Chissà sua moglie che deve accorciare le maniche alle giacche. O forse no, forse va dal sarto, così il lavoro viene meglio. Oppure il preside se le fa cucire su misura, le giacche.

A papà ogni cosa che compra va perfetta. Lui ha tre giacche, una nera un po' lucida che indossa solo per i matrimoni e le cerimonie.

"Vedi, patatina" mi dice, "sono dieci anni e ancora mi va a pennello." Si rimira allo specchio mentre mia sorella gli fa le boccacce.

"Sei tu che sei bellissimo" gli dico. Lui farebbe bella figura anche vestito da Fred Flintstone.

Le altre due sono un po' consumate sui gomiti.

"Ma scherzi" dice alla mamma quando lei riesce a trascinarlo in un negozio di abbigliamento, "ci compriamo quattro maniglie per le porte con i soldi di una giacca."

Nella casa nuova le porte erano in buono stato quando papà l'ha comperata, ma le maniglie non vogliono saperne di chiudersi e così quando le finestre sono aperte e il vento si alza improvviso bisogna correre in varie direzioni per evitare che la casa sia scossa da boati. Ognuno ha una porta da controllare e si scatta scivolando sul pavimento di parquet; vince chi riesce a non far sbattere la porta.

Il preside ha la voce grave, non si sentono bene le parole. Allungo istintivamente la testa e mi viene già un po' da ridere.

«Il fatto è, ragazzi, che non avrei mai voluto arrivare a questo punto.»

Non capisco. Deve essere successo qualcosa di sgradevole.

«Devo pensare che venite educati all'assenza del senso di responsabilità. Tutti possiamo sbagliare, tutti commettiamo errori, però.»

Si ferma come gli attori a volte fanno per mantenere la suspense, per lasciar immaginare qualcosa di terribile agli spettatori che si chiedono: e adesso cos'altro succederà?

«Nessuno ha ammesso di aver chiesto soldi in cambio di protezione.»

Lo dice storcendo le labbra, come se masticasse una pannocchia.

«Eppure qualcuno è stato. Ed è necessario che queste cose indegne scompaiano.»

Ora ricordo. Ci aveva avvertiti ieri, ma io ero troppo presa dall'uscita in discoteca e, che ridere, avevo addirittura pensato che Mattia fosse uno dei responsabili. Poi avevo archiviato tutto.

«Lei come si chiama? Cos'ha da sorridere?»

Oddio, e che vuole da me?

«No, signor preside, non stavo ridendo.»

«Quindi io sto mentendo, secondo lei?»

«Ma no.»

«E allora lei stava ridendo!»

Sto sudando mentre tutti mi guardano con una specie di sospetto e di senso di liberazione.

Se sono stata io, tutti potranno mettersi seduti e continuare la vita di sempre. Amen.

«Non stavo ridendo. Glielo assicuro. Lei si è sbagliato, non ha mentito.»

Il preside guarda il mio mezzo busto, credo stia cercando di contare i capelli che ho in testa.

La prof mi viene in aiuto.

«Sara ha mosso la bocca, forse voleva parlare, vero *chérie*?»

«Be', no, cioè volevo dire che forse...»

«È stata lei!»

La voce alla mia destra è quanto di più bello si possa ascoltare. Come l'angelo che parla a Maria nella recita di Natale. Una voce che neppure un rapinatore potrebbe non prendere come l'avvertimento di qualcuno che sta molto, molto in alto.

Come si può dubitare di una voce del genere?

Ora sento l'odore del mio sudore salire dalle ascelle. È orribile, pungente.

Il preside ritrae il braccio corto e prende fiato, vedo anche il diaframma contrarsi e poi rilassarsi. Pare anche dispiaciuto. Forse in fondo gli ero simpatica. Ma cosa sto pensando. Io non sono stata. Io neppure so bene di cosa stiano parlando.

La prof si pulisce gli occhiali e poi li mette, lasciandoli scendere un po' sul naso. Guarda attentamente il corpo attaccato alla voce angelica.

«Monica, cosa stai dicendo?»

«Quello che ho sentito dire.»

«Una voce non si può prendere in considerazione.»

«Ah, no. Allora mi scusi.»

«Veramente dovresti chiedere scusa a Sara.»

«Ma certo. Ti chiedo scusa, Sara.»

La voce è sempre rimasta velata, come quella di chi parla in preda a una visione, come appena rotta da un'incertezza ingenua e sognante.

Devo archiviarla per il mio futuro di attrice.

Anche se non la vedo, so che ha la testa leggermente piegata da un lato e gli occhi socchiusi, quasi timidi, che non si fermano su un punto preciso.

Ha la dote innata della bugia, della trasformazione.

Sa bene che ha vinto, che ha compiuto una specie di opera d'arte; ha insinuato il dubbio e soprattutto mi ha messa in evidenza. La nuova arrivata che passa inosservata adesso è la prima della lista.

Il preside si schiarisce la voce e passa alla vecchia minaccia. Ancora un giorno e poi la sospensione sarà effettiva. Esce lanciandomi una breve occhiata, breve ma, come dice Stella quando parla di una sua amica dai denti sporgenti, veramente incisiva.

Mattia ne approfitta per strisciare fino al mio posto. Sento il suo odore e il suo profilo è caldo e saporoso come un cornetto nello scaldavivande.

«Sta' lontana da quella. Non vale granché.»

Poi riparte appoggiando le mani al pavimento, compie il tragitto fin quasi al suo banco quando la prof lo raggiunge.

«Se volevi fare l'imitazione del cane che cerca un posto per fare la pipì, ebbene ci sei riuscito. Risparmiati per la recita di Natale.»

Sghignazzano, io sorrido. Monica mi guarda con aria strana, un luccicare dentro gli occhi.

Il compagno di banco di Mattia, Fabio, mi lancia un sorriso e subito si copre la bocca con la mano, come se si vergognasse.

In fondo ce ne sono di timidi come me, come nella vecchia scuola, come credo dappertutto.

Poi mi ricordo di questa cosa della recita. E mi distraggo.

Al supermercato ci andiamo ogni quindici giorni. Di solito la mamma porta anche Emilio, ma oggi è rimasto a casa, è ancora in convalescenza. Siamo uscite che Stella gli suonava qualcosa di allegro e lui batteva le mani.

Prendiamo quattro sacchetti, due io due la mamma. La macchina ce l'ha papà e per averne un'altra bisognerebbe accendere un altro mutuo e allora servirebbero i pompieri.

Andiamo con l'autobus. Cerco subito di guardare l'autista per ritrovare il volto del papà di Mattia. Penso a lui e tutto diventa gelatina dolce e caramella e sento i vuoti d'aria come se stessi camminando sulla luna.

Oggi è stato carino, mi ha confortata. Anzi, ha fatto di più. Per qualche attimo ho come avuto la sensazione di essere davvero io la colpevole. È pazzesco. A volte ti possono convincere di cose assurde. Devo stare attenta. Invece lui non ha preso neppure in considerazione quella ipotesi.

Mamma cammina tra i corridoi e controlla minuziosamente i prezzi. Si è messa anche gli occhiali. Sceglie tutti i prodotti non reclamizzati che costano un po' di meno e promettono le stesse prestazioni. Mamma legge la lista, poi si rivolge al prodotto, legge quasi sempre le etichette e poi la data di scadenza.

Ci vuole molta esperienza per fare la spesa, dice sempre, se non fai la lista ti ritrovi il carrello pieno di cose inutili e spendi così senza neppure accorgertene.

Io guido e mi distraggo. Il tonfo e il grido avvengono nello stesso istante. Il carrello si rovescia e nel rovesciarsi porta con sé un altro carrello.

La testa che emerge tra le scatole di pasta e i barattoli di piselli la conosco. È la domestica di Monica.

Dietro di lei una signora con i capelli di diverse tonalità che sbuffa impaziente. La mamma di Monica.

«Scusi molto» dice la domestica.

«Non ti scusare, non è affatto colpa tua. Se si stesse più attenti...» replica la testa arcobaleno.

Mamma comincia a raccogliere le cose che sono sparse per il corridoio, ma non chiede scusa.

«Veda di non confondere, nel mio carrello voglio solo prodotti più che sicuri.»

Mamma ride.

«Non ci sono mica bombe qui dentro.» E mostra una scatola di detersivo senza fosfati.

La testa arcobaleno inarca le sopracciglia finissime.

La domestica appare confusa tra due confezioni di fagiolini, poi osserva l'etichetta del prezzo e mette nel suo carrello quella con il prezzo più alto.

Tutto a posto. Mica tanto. Alla fine mi riconosce.

«Ma tu non sei... come ti chiami? Sei amica di Monica?»

Amica di un serpente? vorrei rispondere, invece la guardo dritta negli occhi e mi torna in mente quella volta che avevo trovato una lumaca viva con le antenne fuori nel piatto dell'insalata.

«Amica di chi? Io non ho amiche che si chiamano Monica.»

Testa arcobaleno riparte nei corridoi di cose reclamizzate; mamma ride gorgogliando, come fanno i bambini piccoli.

«Oh, Sara, per un attimo ho creduto di essere a teatro, sembravi così, così... disgustata...»

Rido anch'io. Però disgustata lo ero davvero.

Stamattina voglio uscire prima, voglio salutare Camilla e raccontarle una cosa che ho letto in un libro. Si riferiva ai canti degli uccelli. La femmina del pettirosso sceglie il suo compagno in base alla bellezza del suo canto. Il pettirosso che canta meglio può essere quello più sano o quello che ha un territorio più vasto e in ogni caso sarà un padre di famiglia migliore.

Il canto del picchio verde somiglia a una forte risata. Chissà se lo ha mai sentito ridere Camilla.

Emilio dorme, vado a spiarlo nella sua camera. È abbracciato a un libro che Stella gli ha regalato ieri. Va a dormire con le cose, mio fratello. Con le cose nuove, quali che siano. Il Natale scorso ha voluto il triciclo dentro il letto e lo ha infilato sotto le coperte.

Mamma rideva e ha detto che è come voler controllare la novità; perché è la novità che spesso ci fa paura.

La mattina si è presentato con tutti i segni delle ruote sulla faccia e sulle braccia.

Papà si gode il suo caffè guardando fuori dalla finestra.

«È proprio un bel quartiere» mi dice, girando il cucchiaio nella tazzina. «C'è molto verde, e guarda, si riesce a vedere la linea dell'orizzonte. Non ci sono palazzi così alti.»

Guardo e annuisco.

Mamma torna fra poco dal turno di notte e riempirà la casa del profumo fragrante delle cose con il cioccolato.

«Io esco prima, mi fermo ai giardini, da un'amica che osserva gli uccelli.»

Papà controlla l'orologio.

«Un'ornitologa?»

«Be', forse lo diventerà. Ha solo dodici anni.»

«Certo che i ragazzi hanno interessi strani.»

«A me piacerebbe fare l'attrice» dico, e aspetto.

«Non lo dici solo perché sei bella, vero?»

«Bella io, papà?»

«E certo che sei bella, patatina. Conosco un mio collega che recita in una piccola compagnia, sono sempre alla ricerca di nuovi talenti e di volontari. Però ricordati: le attrici non devono essere solo questo. E poi devono studiare più degli altri.»

«Sono studi costosi, che tu sappia?»

Papà sospira.

«Forse ti facciamo pesare troppo i nostri sacrifici, Sara?»

«Ma no, che dici.»

«A proposito. Con tutto il trambusto per tuo fratello mi ero quasi scordato.»

Tira fuori dalla tasca dei pantaloni un pacchettino con la carta stropicciata.

«Emilio lo ha visto e credeva che fosse per lui. Così è

andato in fumo il lavoro del commesso.»

Lo prendo e mi sento la lumaca che viaggiava per il piatto dell'insalata, pronta a scomparire dentro la pattumiera.

Dentro la scatola c'è un cellulare blu cobalto con le rifiniture rosse.

«Lo puoi riportare indietro, papà?»

«Non ti piace? Non è proprio l'ultimo modello, lo so, ma mi hanno assicurato che è quello preferito da molti ragazzi.»

«Oh, no, è proprio bellissimo. È che ho pensato che non mi serve e se non mi serve non lo voglio avere. Una cosa che serve invece è un nuovo clarino per Stella. Lei tira fuori cose belle, dal suo clarino.»

«Be', facciamo così. Sarà il cellulare di tutti. Lo prenderà chi ne ha bisogno. Stella quando va in gita, così con una telefonata possiamo stare tranquilli, tu lo stesso e io durante il turno di notte e la mamma quando prende la macchina, lo sai che ha il terrore di bucare una gomma perché non sa neppure dove sta quella di scorta. Va bene così?»

Mi viene da piangere, invece lo abbraccio, il mio papà bello. Lo abbraccio e lo bacio, poi metto in carica il telefonino blu.

L'aria è frizzante stamattina, fa vedere meglio le cose. I tetti e i cartelli stradali sono coperti di brina. Fa freddo. Mi nascondo sotto la sciarpa e godo del mio fiato che mi riscalda il viso. Mi avvio per i viottoli dei giardini deserti cercando di ascoltare i canti degli uccelli. Non è semplice riconoscerli dal canto. Il libro che ho letto diceva che è una dote innata regalata a pochi, gli altri hanno bisogno di molte ore di osservazione.

Da lontano vedo la sagoma di Camilla infagottata in una giacca a vento. Sto per correre quando qualcosa mi blocca. Non qualcosa, qualcuno.

Dietro di lei sbuca un'altra figura. Sono vicini e all'improvviso l'altra figura le passa il braccio intorno alle spalle e le sussurra qualcosa all'orecchio.

Lo riconosco subito, Mattia. Non sento il suo odore, ma è come se lo sentissi. Mi affondano i piedi dentro la ghiaia.

Il cinguettio degli uccelli è diminuito, o forse le mie orecchie sono difettose.

È così freddo all'improvviso che le cose sembrano diventate di ghiaccio, non posso toccarle. Si alza il vento, e come alzato da un filo anche il volto di Mattia si gira. Per un attimo mi vede e i suoi occhi sembrano farsi più attenti.

Non ho il tempo di vedere altro. Corro via con le lacrime e con il singhiozzo nello stomaco e un pugno conficcato dentro il petto.

Perché sto così male?

Le persone che mi piacciono sembrano tradirmi, anche se forse sono io a pretendere troppo da loro. Eppure. Mi era sembrato che.

Che confusione.

Voglio la mia vecchia casa, il mio vecchio quartiere e Carolina con i pattini che mi trascina sui marciapiedi urlando "c'è un diavolo in me" e tutte le persone si voltano a guardarci con disapprovazione, ehi, ragazzine, vi pare il modo questo; troppo maleducati i giovani d'oggi, la strada non è una pista di pattinaggio, e poi questa moda di gridare, cresceranno tutti sordi, sordi e maleducati e quando non ci saremo più, il mondo...

Le nostre risate arrivavano al cielo, allora.

Qui è come essere arrivati su di un nuovo pianeta.

Oppure io non cerco nei posti giusti.

«Ehi, è arrivata la taglieggiatrice. Quanto vuoi per il mio silenzio?»

«Per il tuo silenzio niente, Francesca. Ma per i tuoi denti nuovi dovrai spendere un patrimonio.»

«Cosa sta succedendo laggiù?»

La prof di matematica mi afferra con lo sguardo.

Non parlo. Non mi scuso. Lei si rituffa nel libro di testo.

«Non ascoltarla, è una stupida, oggi.»

Monica sussurra dietro il foglio a quadretti, sembra quasi sincera. Vorrei dirle che Francesca è stupida sempre, non solo oggi. Faccio un cenno con la mano.

«Mi dici il risultato del tuo problema?» continua.

Glielo dico.

«E devo fare il perimetro diviso cinque o moltiplicato per cinque?»

Glielo dico.

«Guardate che questa è una verifica, non un lavoro di gruppo.»

È Monica a scusarsi con la prof, però. Forse le persone non sono come le vedi una volta, forse ci vuole più tempo per conoscerle.

Mattia mi guarda, lo so, lo sento. Sono due giorni che lo evito e soffro a evitarlo, in fondo lui non mi aveva mica promesso amore eterno, neppure amore, se è per questo.

Però se gli sto vicino mi viene la malinconia, la tristezza, come quando mia sorella suona *Yesterday* e io immagino quest'uomo solo che pensa a come era diversa la sua vita ieri e mi viene da piangere anche se è una canzone e anche se è tutta un'invenzione dei Beatles.

Ma la sofferenza nessuno te la può togliere, dice Stella, bisogna imparare a capirla e con il tempo passa da sola.

All'intervallo Eleonora mi viene vicino e mi dice che le altre vorrebbero fare pace con me.

Mi sento sussultare qualcosa dentro. Se non l'amore, almeno l'amicizia.

Le cose belle che potrei avere e se non avere vedere, almeno: le case con la lavastoviglie che funziona e i vestiti di seta vera e i jeans con l'etichetta di nappa e le borsette da abbinare alle scarpe che ricordano l'arcobaleno.

Monica mi aspetta all'angolo con le finestre e il sole dietro di lei, che sorride con il suo sorriso così splendente, un vero regalo per una Cenerentola.

Mi dice che oggi pomeriggio ci saranno i provini per la recita di Natale. Lei lo sa, lei sa tutto, fra poco arriverà la prof di italiano e ci consegnerà il copione.

Dice anche che il rimmel che ha comprato non separa bene le ciglia e che stasera tornerà in profumeria e se lo farà cambiare. Non importa se la confezione è aperta. Le promesse si mantengono, la commessa glielo aveva giurato.

L'ascolto con impazienza.

«Sai anche cosa si mette in scena?» chiedo con forza.

Smette di pettinarsi.

«Ma certo; i prof hanno scelto una cosa orribile, banalissima. Direi obsoleta da uomo di Neanderthal. Comunque è *Cenerentola.* La prof ha scritto la versione teatrale, si sente molto sceneggiatrice, non ti pare?»

«La versione di Perrault o quella dei fratelli Grimm?»

«Ah, perché, ci sono due Cenerentole? Già una mi sembrava che bastasse.»

Bidella Triste arriva a portare una scatola di gessi, guarda per terra, rassegnata, qualche carta che dovrà raccogliere più tardi.

«Comunque non vorrai mica presentarti per il ruolo di Cenerentola? Ti vestiranno di stracci e dovrai tenerteli per tutta la rappresentazione, a parte un minuto di gloria alla fine.»

La prof non mi permette di rispondere. Parla lei, tutta eccitata. Ci ha lavorato durante la notte questo mese ed è convinta di aver fatto un buon lavoro. Le piace scrivere copioni.

«Pensate, ragazzi, esistono oltre trecento versioni della storia di Cenerentola, e la prima risale al secondo secolo dopo Cristo. È una fiaba piena di poesia, dove però è importante anche il risvolto sociale e un messaggio che non è poi così male: le ingiustizie che uno commette prima o poi verranno punite.»

Guardo Monica che alza gli occhi al cielo e sbuffa in silenzio.

«Ho preparato i copioni e dalle tre di questo pomeriggio sono a vostra disposizione nel teatro della scuola per i provini e per ascoltarvi. Meno male che in questa classe in maggioranza siete femmine, perché i personaggi più importanti sono femminili, ma insomma, c'è posto per tutti.»

«Io vorrei fare il topo.» Renzi Giovanni, l'ironico.

«Potresti benissimo, basta che ti alleni a trasformarti in un cavallo.»

La prof sogghigna, consegna i copioni e ci lascia. Abbiamo il resto della giornata per provare. Bellissimo.

Eleonora vuole fare la fata. Ottima idea, le dico. Una delle sorellastre la vuol fare Cecilia, dice che le cattive le sono sempre piaciute, hanno meno stress degli altri, i cattivi, e quindi hanno anche la pelle più bella e i capelli più folti e le unghie lunghe e forti.

Io sfoglio le pagine fotocopiate e penso a cosa vorrà interpretare Mattia. Forse il messo del re o un nobile. Comunque. Il nome Cenerentola sul copione è come un invito. Non sono Cenerentola, però vorrei esserlo.

«Vado nello stanzino di là a provare.»

Monica si avvia, poi a un certo punto si volta e mi sussurra una specie di segreto. Nel bagno delle femmine c'è, nascosto da una porta, lo stanzino delle scope: ha un grande specchio ed è ottimo per provare. Se voglio posso andarci io.

La ringrazio. Le prove con lo specchio davanti sono le migliori.

Esco dall'aula mentre molti stanno lì a chiacchierare tra i banchi e a decidere le parti.

È vero, dello stanzino delle scope, e anche dello specchio.

Deve essere la giornata dedicata alla gentilezza, oppure è sempre stata così e io non ho voluto capirlo. Mi riprometto di ringraziarla più tardi.

Cerco il monologo, schiarisco la voce, respiro con il diaframma.

Leggo il monologo e cerco le parole da accentare. Costruisco l'immagine come mi aveva insegnato la mia prof l'anno scorso. Prendo una scopa in mano. E poi mi lascio trasportare.

«Così deve essere un ballo al castello del re. Luci e colori che rimbalzano dal pavimento al soffitto, musiche e suoni di voci, odore di rose e mughetti e tavole imbandite. Al castello del re le dame si aggiustano una ciocca di capelli o accarezzano un fazzoletto di lino ricamato e i signori conversano di cose accadute e dappertutto si può ballare. Anche sulle terrazze con la luna tra gli alberi che illumina le fontane.

«E io stanotte lo sognerò, quel ballo, e quel sogno sarà così vero che domani avrò i piedi dolenti dal tanto ballare.»

Lo riprovo. Soprattutto la parte finale, e penso al rituale per far sì che i sogni si avverino. Lo riprovo ancora finché non sento il suono della campanella e un rumore secco che viene dall'antibagno.

Quando apro la porta dello stanzino delle scope, so che la parte sarà mia.

Non me lo sarei mai aspettato. All'uscita, proprio vicino

al portone, c'è Camilla con gli occhi al cielo che segue il volo di un rondone, mi pare.

Mi nascondo dietro una di terza media con le spalle grosse e la testa piena di capelli. Non c'è niente da fare. Mi vede, mi chiama. In fondo non posso prendermela con lei.

«Che fai, scappi?»

«Macché. Corro a casa. Ho anche il rientro, oggi.»

«Già, è vero.»

Che mi stia controllando? Che sia un po' fuori di testa e mi abbia scelto come sua vittima?

«È da un po' che non vieni il mattino presto.»

«Fa freddo, adesso.»

Parlo e cammino, sperando che non veda l'ombra delle bugie.

«È che speravo, ti fermi un attimo? Speravo che, insomma, potessimo diventare amiche.»

Vorrei dirle che lo volevo anch'io e che avevo letto un libro sugli uccelli solo per chiacchierare insieme a lei. Ma poi.

«È che ho tanto da fare, e poi ho già un paio di amiche.»

«Lo immaginavo. È che io sono inadatta, vero?»

Mi fermo, mi incuriosisco.

«Che cosa vuoi dire? Inadatta.»

«Ma sì. È sempre stato così. Alla scuola materna le bambine mi evitavano e i maschi nemmeno mi guardavano.»

«Per i maschi non c'è problema, anche con me facevano così.»

«Ah. Alla scuola elementare la storia si ripete, e questa

volta con un'aggiunta. Le mie compagne di classe erano dispettose solo con me. E sai io che facevo? Non ridere. Cercavo di comprarle. Comprare la loro amicizia. Che cosa stupida. Quelle, appena avuti i compiti o le figurine, ricominciavano come prima, lasciandomi sola.»

Oddio. Com'è uguale il mondo. Le cattiverie non cambiano mai.

«In più ho cominciato a saltare le classi. Dalla terza alla quinta. Dalla prima media alla quarta ginnasio.»

«Ho sentito di gente che ripeteva le classi, mai che le saltasse.»

Ride, è bella la sua risata. Stiamo ferme sul vialetto. La pasta sarà fredda e mamma non vedrà l'ora di andare a dormire dopo il turno di notte, ma non ci va mai finché non mi vede in casa.

«Dicono che ho un Q.I. alto.»

«Un Q.I.?»

«Mai sentito parlare di quoziente intellettivo?»

«Ah, sì. Certo. Tu... tu sei un genio!»

«Mi piace la fisica.»

«Non l'educazione fisica, vero?»

«Be', in quella ho un 7 strappato. No, la fisica delle leve e delle forze. Quella roba lì.»

La prendo sottobraccio. Capisco perché a Mattia piaccia, perché gli venga voglia di raccontarle le cose. Non è perché è un genio. Perché le sue parole sono semplici, limpide e ti fanno venire il desiderio di ascoltarne ancora. Sono parole piene, riempite come i calzoni che si mangiano in pizzeria, che dentro ci trovi un sacco di cose buone e calde.

«Mi piace anche il greco e il latino, vado abbastanza bene.»

«E non hai trovato amici neppure tra i latini.»

«Vedi, mi sentono piccola. E hanno ragione. Hanno quattordici anni e non vedono l'ora di salire in motorino, avere appuntamenti e indossare le calze più strane. Io ne ho dodici. E vorrei un'amica vera.»

«Mi aiuteresti con i temi? Scherzo, dai. Affare fatto.»

Le stringo la mano, lei è un po' impacciata, poi sorride arricciando il naso. Le chiedo se ha mai sentito la risata del picchio.

Papà ha qualcosa negli occhi. Qualcosa che non vedo molto spesso. È come se fosse arrabbiato, o meglio preoccupato.

Penso a Emilio, alla febbre. Poi vedo mio fratello colorare una pagina di un libro di disegni e mi tranquillizzo. Ha la maglietta del pigiama tirata fin sulla schiena, si vedono i rotoli di carne morbida che formano delle gobbette.

Mi vien voglia di toccarle, lui strilla, dice che ho le mani fredde. Lo bacio e mi assicuro così che abbia la fronte fresca.

«Sei in ritardo, tua madre è crollata, non è riuscita ad aspettarti.»

«Scusa, papà. È per via dell'ornitologa. Ci siamo fermate a parlare.»

«Sei sicura che vada tutto bene, che non ci siano problemi? Sara, tu sai che puoi contare su di noi. Sempre.»

«Papà, cosa succede?»

«Mi ha telefonato il preside. C'è qualcuno nella tua classe che fa delle cose disgustose, come chiedere soldi spaventando ragazzini più piccoli. Qualcuno ha fatto il tuo nome. Io capisco che siamo in difficoltà, ma so anche che non vi manca nulla e se tu facessi davvero queste cose io mi arrabbierei moltissimo.»

Mi viene da piangere. Piango, poi smetto subito.

«Papà, io non farei mai così. Te lo giuro. Chi ha fatto il mio nome è una mia compagna di classe che... be' credo che ce l'abbia con me. Ma poi è stato chiarito tutto, davanti alla prof e al preside.»

«E allora? Perché?»

«Papà, non lo so. In questa classe ci sono molte ragazze diverse, diverse da me e Carolina e Stella e io, lo confesso, volevo diventare come loro, ma adesso... mi vergogno. Io non ho mai chiesto soldi a nessuno.»

«Vado a parlare con il preside. Non si devono permettere neppure di pensarlo, non solo di dirlo.»

Lo dice con la voce alta, il mio papà bellissimo che non è un commissario ma che mi sembra un gigante adesso. Emilio si volta e gli dice di prendere la pistola perché non si può mai sapere.

Ridiamo tutti e due.

La mamma si è svegliata dal suo riposino. Viene in camera mia con la vestaglia a fiori e i capelli spettinati.

«Nottata dura?»

«Uhm, non immagini quanto. Si è rotto un nastro trasportatore e abbiamo dovuto togliere i biscotti uno a uno. E tu, giornata come?»

«Insomma.»

Le dico del preside e di papà che è andato a scuola e della recita. Si fa attenta.

«Fammi sentire, patatina.»

«Davvero vuoi, mamma?»

«Se devi diventare una grande attrice, voglio essere la prima ad applaudirti.»

«Fra poco ho il provino con la prof. L'ho provata cento volte, ma chissà quante ragazze vorranno la parte.»

«Non ci credere tanto. I ruoli difficili non li vuole nessuno. Li sceglie solo chi ha passione. Come tua sorella con il clarino. Però, una famiglia di artisti.»

Chiama Emilio che si mette seduto, pronto ad ascoltare.

Così deglutisco, respiro, mi concentro.

Il monologo scorre via. L'ho imparato a memoria, ormai; cambio ritmo, intenzione, interlocutore e tutto viene fuori con naturalezza. Almeno mi pare.

Silenzio. Aspetto.

Mamma si alza e mi abbraccia, ha ancora l'odore della lacca per capelli.

Emilio batte le mani.

«Bravissima. Bravissima. Sei bravissima. Da quanto tempo ti sei accorta di avere questo talento?»

«Non lo so, mamma. Mi è sempre piaciuto recitare, lo sai. Però forse ho capito quando questo è diventato più che un piacere. Hanno cercato di farmi sentire inadatta. L'ho imparata stamattina, questa parola. E io per un po' mi sono sentita proprio così, inadatta, però questa cosa di recitare è arrivata come la salvezza. Solo che credo che ci sia sempre stata.»

«Vai al provino, tesoro, e non permettere a nessuno di farti sentire inadatta. Se non forse a Shakespeare.»

Sono le tre meno dieci.

Davanti alla scuola non c'è ancora nessuno. Sono in anticipo. Mi apre una bidella che non è triste e che mastica una cicca alla fragola.

«Vado in teatro le dico» lei annuisce e mi indica le scale a destra.

Sono emozionata, emozionata ed eccitata.

Le scale si fanno strette, poi un corridoio. Vedo la tenda del teatro sullo sfondo. Una tenda rossa con le frange in fondo. Penso che è davanti a quella tenda che voglio passare parte della mia vita.

Dal corridoio si aprono delle porte. "Sala Multimediale." La famosa stanza dei computer dove ancora non abbiamo svolto nessuna lezione. Sento ridere e chiacchierare. Forse sono già arrivati per i provini.

Cammino adagio ripassando la parte e i movimenti e quando chiudere gli occhi e quando muovere le mani fino a che non sento la mia voce.

La mia voce arriva da dentro la stanza. Non è possibile. Mi avvicino e spio dall'angolo della porta. C'è Monica che ride e tiene in mano un telecomando. Vedo il profilo di Francesca e di Benedetta e di Enrico e di Fabio e altre due teste che non riesco a focalizzare.

Stanno davanti a un televisore e sul video ci sono io con una scopa in mano che provo il monologo.

«L'ho mandata nello stanzino delle scope a provare. Non sapeva del buco. Ho preso la telecamera ed ecco lo scoop. Non è ridicola? Una vera Cenerentola, con tanto di spazzolone.»

Monica ride e gli altri ridono. Si divertono. Sento le mie parole sul ballo, sui sogni, sulle illusioni. Le illusioni che possono aiutare a vivere, i sogni che accorciano il presente.

Ridono di me. Non di Cenerentola. Di me. Di come io possa avere avuto anche solo il lontano pensiero di interpretare la parte principale.

Lascio cadere lo zaino a terra e il tonfo provoca il silenzio.

Sto sulla porta e li guardo dritta negli occhi. Uno a uno. Monica non si scompone più di tanto, solo toglie l'audio.

«Mio padre non fa il commissario, ma la guardia giurata, ed è bellissimo.»

Urlo con quanto fiato ho in gola, urlo e gesticolo come nel teatro di Peppino De Filippo dove la verità delle emozioni viene sempre messa in evidenza. Urlo e mi sento libera. Riprendo lo zaino e me ne torno a casa a fare i disegni con Emilio.

«Carolina!»

«Se non ti telefono io.»

«Non succederà più, te lo giuro.»

«Eh, sì, figurati.»

«Come stai?»

«Bene, mi manchi.»

«Domani vengo a trovarti.»

«Davvero?»

«Sì, davvero. La prossima volta che vieni tu ti faccio conoscere una persona speciale.»

«Un ragazzo?»

«Macché. È una ragazza che ha dodici anni e fa il ginnasio.»

«Frankenstein?»

«Più o meno. No, è davvero simpatica. Osserva per ore gli uccelli.»

«Sai che divertimento!»

«Vedrai, è un'amica. Anche tua, se vorrai. E Marcello?»

«Ah, vedrai, mi ha regalato una collana. Stessa tecnica. Ci ha fatto scrivere il mio nome e il suo. La cinese ha voluto cinque euro in più.»

«Emilio ha bisogno di un po' d'aria» dice la mamma. «È pallido. Deve riprendersi.»

Lo porto io ai giardini, così forse incontro Camilla. Come una stupida non mi sono fatta lasciare il suo indirizzo e il suo cognome.

Emilio porta il monopattino. Insiste, anche se con la ghiaia è inservibile. Gli piace avere con sé le cose che lo fanno stare bene.

Guardo il suo visetto serio e mi chiedo cosa gli passa per la testa.

Stella dice sempre che lo ha portato un angelo che non ne poteva più di bambini capricciosi, così un giorno ne ha scelto uno che gli sembrava a posto e ce lo ha portato per farci capire quanto fossimo poco a posto noi due.

Lo tengo per mano, la sua è morbida e le dita fanno presto a stringersi attorno alle mie.

Gli dico di ascoltare il canto degli uccelli. Lui si fa attento.

Camilla è al solito posto. «Corri Emilio» dico, «andiamo da una persona.»

«Sara, che bello… Chi sei tu?»

«Suo fratello.»

«Ah, ecco, anch'io ho un fratello. Ma ha un nome, e tu ce l'hai?»

Emilio risponde e poi guarda curioso il binocolo. Camilla glielo porge e gli insegna a guardare.

«E allora il provino?»

«Non ci sono andata.»

«E perché?»

«Perché non mi avrebbero dato la parte.»

«Io la so diversa.»

«Camilla, non mi far pensare a cose strane. Che il tuo Q.I. si riferisca a facoltà extrasensoriali?»

«Niente di tutto questo. Perché non vai in teatro? Così la prof te lo spiega. Non è tardi. Non è quasi mai tardi. Emilio resta qui con me a osservare il picchio verde. Vero?»

Che cosa sta succedendo?

Degli amici ci si deve fidare, degli amici come Camilla, poi.

Emilio ha già preso per mano Camilla e la ascolta raccontare la vita degli uccelli dei parchi e dei giardini.

In fondo. Solo cinque minuti. Non mi faccio vedere, guardo gli altri provini.

La porta è aperta e la bidella sta riordinando la sala della segreteria.

Scendo in silenzio le scale e affronto il corridoio. Le voci sono lontane. La voce della prof ogni tanto interrompe le altre.

Sul palco qualcuno sta recitando. Mi sembra Eleonora che sta cercando di trasformare un'invisibile zucca in un'invisibile carrozza.

Mi siedo sull'ultima poltroncina. In prima fila vedo le teste dei miei compagni che ridacchiano, ma è un ridere che viene dalla paura di salire sul palcoscenico, lo sento.

Penso a come sarebbe bello salire vicino a lei e recitare, lasciar scendere le parole fino in fondo al cuore e recuperarle una a una come se fossero diventate cose, cose con un volume, un odore, un sapore.

Qualcuno si volta e mi vede.

«Sara!»

Cerco di mimetizzarmi tra le poltrone.

La prof si alza e mi viene incontro. E adesso cosa dico? Niente.

«La nostra prima attrice si è finalmente degnata di venire! Salve, Cenerentola.»

«Non sono Cenerentola!» sussurro.

«Ma certo che non lo sei, però la interpreti benissimo.

Sapessi che gioia, vedere quel video, sentire con quanta poesia hai colto le parole che ho scritto. Nessun'altra lo sa fare come te. Io non voglio nessun'altra.»

Cerco di ascoltare con più attenzione. Le parole della prof, che oggi ha una tuta da ginnastica gigantesca, risuonano tutte insieme nella testa.

Le rimetto in ordine.

«Io le sono piaciuta?»

«Non si dovrebbe dire, ma piaciutissima. Quindi devi venire a provare. Hai il copione?»

«Qui con me no, ma faccio subito, vado un attimo a casa e torno.»

Metto le ali sotto i piedi e una canzone nel cuore. Piaciutissima. Devo recuperare Emilio.

Non vedo nessuno sotto il castagno. Camilla non mi deludere, ti prego.

Quale uccello canterà a quest'ora? Prendo il viottolo che va in discesa fino alla fontana e lo vedo. Anzi, li vedo.

Camilla tiene per mano mio fratello e mio fratello tiene il giubbotto di un altro.

Mattia.

Mi faccio coraggio e vado.

«Sara, i pesci. Bellissimi.»

«A tuo fratello non piacciono gli uccelli, abbiamo scoperto, ma i pesci. Ehi, Sara, che hai?»

«Ma niente, niente, solo devo andare a prendere il copione. La parte è mia.»

«E ti pare una notizia da poco? Hai sentito, Mattia? Ah,

scusa, Sara, questo è Mattia, mio fratello gemello, anche se non si vede. E poi lo conosci già, siete nella stessa classe.»

Mio fratello gemello. Ho capito bene? Questo pomeriggio del 15 novembre dove era scritto che dovesse essere così bello?

«Sono il fratello con il Q.I. normale» dice, guardandomi con le carezze negli occhi.

«Cosa è il quì?» chiede mio fratello serio.

«È una cosa che sta nel cervello» rispondo, e mi sento terribilmente sciocca.

«Ti accompagno anch'io a prendere il copione, così vedo dove abiti e posso venirti a prendere qualche mattina per andare insieme a scuola. Se ti va.»

Certo che mi va.

«E non preoccuparti più, di niente, per niente. Era Monica che prendeva i soldi. Lo sapevano tutti. Nessuno parlava, tanto non sarebbe servito a molto. Invece ha parlato la ragazzina della I A e adesso Monica è sospesa.»

«Ma perché lo faceva? Lei ha tutto.»

«Sei sicura che abbia tutto? Secondo me ha troppo, ma non tutto.»

Ci devo riflettere. Come quando devo decidere la caramella giusta: al limone se ho la voce bassa, alla menta se ho la tosse. Ci devo riflettere. Emilio mi tira verso il portone.

Mio fratello, serio, sorride. «Io comincio ad andare, so com'è la strada.»

Non lo abbandono con lo sguardo finché il portone non si chiude dietro di lui.

«Dato che io sarò il Principe, credo che dovremmo fare un po' di pratica.»

Così mi prende le mani e poi con delicatezza mi bacia sulle labbra e io mi sorprendo con gli occhi spalancati ad osservare lo sfarfallare di cento foglie colorate che vengono giù tutte insieme come coriandoli, come luci sfavillanti, come diamanti sulla testa.

Mi piace da matti essere Cenerentola.

Quando per la prima volta diventai cicogna

Alla mia amica Lorena
che mi ha prestato il nome
e qualche volta anche l'allegria

Sulle cicogne

Quando per la prima volta diventai cicogna, la finestra era chiusa e il mare tanto lontano.

Diventai cicogna anche se a me piacciono molto di più i gabbiani.

Forse perché la mattina a scuola Mariella aveva scherzato sul fatto che qualcuno di noi crede ancora che siano le cicogne a portare i bambini.

Io ci crederei ancora volentieri. È che non posso. Non posso proprio. Adesso che sono quasi cicogna. Devo pensare a costruirmi il nido, lontano, in alto dove non c'è pericolo. Devo pensare a difendere il nido.

Sono stata un'idiota a credere che fosse l'ultima volta.

Mi piace tanto la parola ultima. Mettere fine. Un punto. Carpire dal tempo la volontà di andare e farmi riposare, quieta.

Nella stanza l'umidità con le sue macchie racconta storie di fantasmi e di fragole. Prima di diventare cicogna apro la finestra, questa volta per vedere il mare.

Peccato non essere gabbiano, ma mi sono informata, anche le cicogne volano sul mare, fosse solo per migrare. Affrontano lunghi voli, strisce di vento che arruffano le penne, tempeste di pioggia che le costringono a chinare il capo. Poi però arrivano.

Mi tocco il becco: è lungo e robusto, anche affilato. Spero che tagli, che ferisca, che penetri.

Sono pronta, dico, sì, sono pronta, adesso sono cicogna e me ne vado a migrare.

Sui cani

Vuoi anche il caffelatte a letto?

Oddio, che ore sono? Le sette e mezzo! Farò tardi a scuola.

Il cane mi guarda sorridendo, ci si mette d'impegno a sembrare interessato al fatto che è tardi. Non gliene importa niente se perdo la scuola. Sono tutte spese inutili. Ma finché non avrò quattordici anni è obbligato a svegliarmi la mattina e a lasciarmi andare. Gli altri si farebbero troppe domande. Qualcuno forse ne parlerebbe, magari al supermercato, tirando su dal frigo una confezione di pesce surgelato. "Come mai la Lorena non era a scuola, è forse malata?"

E lui non può, il cane. Non può davvero.

Il latte scotta e poi io lo detesto. Mi fa gonfiare lo stomaco.

La mamma dorme ancora. La porta della camera è socchiusa, le tende tirate. La notte è ancora lì a proteggerla dalla luce, il sonno pesante degli ansiolitici le risparmia l'odore della mattina, così frizzante e piena di vita.

Mio fratello mi aspetta in bagno. Non vuole imparare a pulirsi il sedere. Gli tocco i capelli che sono così lisci e mi sembra di toccare le piume di una cicogna.

Lorena, mi pulisci?

Mmm.

Sei arrabbiata?

Mi fermo. Sono arrabbiata? Che domanda. Che domanda mio piccolo Giacomo. Sette anni e già con queste domande difficili. Quando ne avrai dieci cosa mai potrai domandare? Se vivo? Non rispondo. Lo lavo, gli tiro su gli slip e metto dentro la maglietta. Lo vesto veloce guardando la pelle morbida, ma cerco di non strofinarla, non voglio invaderlo. Non voglio invaderlo.

Ehi, questo bagno!

Il cane abbaia. Quando lui diventò il cane io ancora non ero una cicogna.

Il cane aveva tanta saliva e occhi sempre affamati e più la saliva cadeva a terra formando rigagnoli vischiosi, più gli occhi diventavano affamati.

Avevo paura del cane, ma più di tutto della sua saliva.

Esco dal bagno con Giacomo per mano e gli occhi del

cane invadono quel tenersi delle mani piccole. Lascio Giacomo e mi pare di essere sporca di saliva.

Usciamo, andiamo a scuola, verso i tetti dove le cicogne amano fare i nidi.

Sulle compagne di banco non vere

La mia compagna di banco si chiama Lorena. Non è che sia molto di più di una compagna di banco. Mi è toccata nel secondo quadrimestre e somiglia molto a una pubblicità delle Pompe Funebri. Non parla se non viene interrogata, non sorride, mangia poco e studia molto. Una vera calamità. Non le piacciono i cantanti, almeno credo, né le canzoni.

Io e Martina la detestiamo un po' per via di questo essere diversa che vuol dire anche voler snobbare tutti.

Oggi sta dritta sulla sedia come un manico di scopa e ascolta attenta il Prof di matematica che sta inscrivendo un cerchio in un quadrato. Non lo perde di vista un attimo. Le prendo il biglietto che è arrivato da dietro, tanto a lei non importa, lei non legge mai i biglietti che tirano gli altri.

Passalo a Gianluca! sussurra Martina sfiorandomi la schiena con la punta della penna.

Gianluca è il ragazzo del mese e quel biglietto deve informarlo dell'onore che ha avuto.

Ogni mese noi ragazze stiliamo una classifica dei migliori della classe. Martina tiene tutto registrato come un ragioniere e poi manda l'esito. Gianluca veramente con i capelli tagliati è uno schianto. Se lo merita.

Prima che riesca a passare il biglietto al banco alla mia destra, Lorena allunga una mano verso la mia, afferra il pezzetto di carta e senza guardare nessuno lo strappa in silenzio.

Carogna. Maledetta carogna. Dietro di me sento le proteste di Martina che ha visto tutto.

Si può essere così... così. Non mi viene neppure la parola. È perché si crede chissà chi.

Maledetta! Lei non sembra farci caso, il cerchio ha una circonferenza di sessanta centimetri virgola quindici, prende appunti e si concentra sul raggio.

Mi passa di colpo la rabbia. Così. È perché l'ho vista per un attimo, solo per un istante come, Dio mi aiuti, disintegrata. Non avevo mai provato una sensazione del genere. Come in quei film di fantascienza dove qualcuno va dentro un tubo e si smaterializza e per un po' rimangono tutti quei luccichini a ballonzolare finché non scompaiono anche loro.

Vorrei ridere, del fatto che se n'era andata via per un solo attimo. Andata.

Scuoto la testa e la ritrovo ferma come prima a risolvere il problema della superficie del quadrato.

Sulle cicogne in cucina

A Giacomo piace tanto la pasta con la salsiccia. Peccato che quando esco di scuola la macelleria è già chiusa. In frigo non abbiamo salsicce. Non abbiamo niente se non qualche birra e i cubetti di ghiaccio.

La mamma non ce la fa a fare la spesa. Sta troppo male. Potrei andare al centro commerciale, ma farei tardi e Giacomo non mi troverebbe in casa. Non posso rischiare. Se Giacomo non mi trova in casa, poi.

Se divento cicogna posso arrivarci in qualche secondo al centro commerciale, ma poi come faccio a chiedere salsicce? Sorrido da qualche parte, non con le labbra, non ci riesco, con qualche parte: una cicogna che chiede salsicce.

C'è la tivù a tutto volume. Mia madre dorme. Il cane non è ancora tornato.

Preparo la tavola mentre l'acqua nella pentola fa le prime bolle. Pasta in bianco e pane e salame. Il pane è di ieri e sicuramente è di gomma.

Sulle feste di compleanno

Puoi invitare solo tre amiche, al massimo.

Ma', ti prego, fammi andare in pizzeria.

Niente da fare, forse l'anno prossimo. Allora chi ti va di invitare? Martina, naturalmente, e poi?

Non lo so.

Perché non inviti Lorena? Sua madre non sta bene. Quella bambina ha troppe responsabilità. Sai che ha tirato su Giacomo come se fosse lei la mamma?

E suo padre, scusa, che cosa faceva?

Suo padre lavora, ha il negozio, che poi non va così tanto bene dopo l'apertura del centro commerciale.

Comunque io Lorena non la invito, non piace a nessuno. Ma', è proprio una snob.

Mia madre ride. Figurati, dice lei. Strafigurati, dico io. Mica ce l'ha lei davanti mezza giornata per ogni giorno per sei giorni la settimana.

Sarà presto, il mio compleanno. Tredici. Ancora pochi per il motorino, ancora pochi per invitare le mie amiche in pizzeria, ancora pochi per uscire con un ragazzo.

In questo momento me ne piacciono tre. Giulio di più. Comunque, nessuno dei tre mi vede. La mia compagna di banco, lei sì che è bella. Se solo volesse si prenderebbe i ragazzi più carini. Ma lei non vuole. Quando esce da scuola allunga il passo, non saluta nessuno neppure i Prof nei corridoi. Quasi corre con il collo rigido, la testa che non si gira di un millimetro dal punto dove mette il piede, uno davanti all'altro come i cipressi sul viale del cimitero. Anche se si lega i capelli come Cenerentola è sempre bellissima e molti la guardano. Io no, devo starle accanto per cinque ore al giorno. Cinque ore precise. Non proprio. All'intervallo mi fiondo lontana da lei, vicino alle mie amiche VERE a respirare un po' d'aria viva. Ecco, l'ho detto e forse l'ho sempre pensato. Lei non è viva. Se uno non è vivo allora è morto. Ma si può essere morti e prendere ottimo, dico ottimo in tutte le materie, tranne in disegno, perché lei non vuole disegnare, la pazza?

Ho cominciato a chiamarla la pazza. Veramente il nome gliel'ha dato Martina, e le sta benissimo, anche se devo fare i conti con la catechista, che mi conosce da quando sono nata, per far capire a tutti che questo in fondo non è nulla, un piccolo peccatuccio.

Io e Martina siamo insieme dalla Scuola Materna. Lorena è arrivata alla Scuola Media, ma è come se non fosse tra noi. È la migliore della classe, la più studiosa, quella che riesce a collegare la parola "casa" con altri milioni di parole, ma di noi non le importa niente. Non le importa se a me nasce un brufolo al secondo, se a Martina si è sviluppato di più il seno destro che il sinistro e lei ci ha pianto un mese intero, se gli 883 si sono sciolti, se Gianluca ha tagliato i capelli, se Giovanna si è tinta i capelli di verde ramarro, solo le ciocche davanti, però.

Oggi all'improvviso ha cominciato a lisciarsi la spalla con la mano. All'inizio pensavo che avesse qualche capello o briciola caduta sulla camicetta. Quando non smetteva, le ho dato una gomitata. Lei neppure ci ha fatto caso. Guardava fuori dalla finestra e si lisciava la spalla. Si può ammattire a tredici anni?

Sui cani con la paura di tagliarsi

Mia madre si è alzata. Cammina appoggiandosi allo schienale delle seggiole. Giacomo non la saluta nemmeno. Ci sono i cartoni in tivù.

Il cane sbuccia una mela guardando attentamente dove mette la lama del coltello. Ha paura di tagliarsi. Ha una paura folle.

Tre mesi fa gli si è spaccato un bicchiere in mano. Usciva il sangue e lui urlava e diceva parolacce, bestemmie, forse, non ricordo. Io guardavo il sangue incantata. I cani hanno il sangue uguale a noi uomini, lo stesso colore, la stessa densità, lo stesso odore. Credevo che avessero saliva nelle vene.

Strillava e si muoveva per la cucina senza riuscire a fermarlo. Il sangue. Respiravo forte, forte, tanto che quasi mi girava la testa. Pregavo, anzi no, io non prego, desideravo che tutta la cucina s'inondasse di quel sangue, così avrei potuto lavarlo via tutto e il cane sarebbe andato a finire nella tazza del bagno insieme al suo sangue. È andato al Pronto Soccorso dove gli hanno cucito la mano con sei punti.

Giacomo ha finito con i cartoni. Mi cerca per i compiti.

Il cane esce senza guardarci.

Forse ieri è stata davvero l'ultima volta. Mi prende una specie di strana euforia. Mi prende la voglia del ricordo di piangere.

Sorrido a Giacomo, con le labbra, e insieme ci tuffiamo sulla parole con la doppia.

La mamma, quando guarisce?

Ancora con le domande difficili. Cioè, la domanda è facile, ma la risposta no.

Non lo so, Giacomo.

Come si chiama la malattia? Me lo chiedono tutti i miei compagni e io non so cosa rispondere.

Ha un nome strano, non riusciresti a dirlo bene.

Neppure se mi ci metto d'impegno? Ehi, mamma!

Ciao piccolo, sono i compiti?

La vestaglia della mamma è scucita sull'orlo che pende in certi punti come onde del mare.

Gli occhi della vestaglia sono spenti e non respirano. La mamma è diventata una vestaglia da camera, di quelle che si comprano nei supermercati al reparto occasioni.

La malattia della mamma non è difficile da dire, anzi. Ha le consonanti combinate bene, ma è difficile da capire.

Come va, ma'? le chiedo, sussurrando l'ultima sillaba. Spero che senta il mio amore per lei, spero che si senta trafitta dal mio amore. Ferita. È tutto per lei e per Giacomo. Se poi è amore. E se fosse odio. No, non è possibile.

Oggi meglio, oggi meglio. Le parole le escono scolorite. Non ci credono più neppure le parole a quei suoni che vengono fuori da quella gola disidratata.

Lorena, mi accompagni da Valerio a giocare, mi ha invitato, sì davvero, anche la sua mamma.

Andate pure, e poi, Lorena, passa al negozio per dare una mano, ti va? Appena guarisco ci torno io. Guarisco presto, presto.

La madre di Valerio ha fatto la torta di mele. Mi sorride gentile, tenta di toccarmi una guancia. Riesco a evitarla. Mi chiede della mamma. Risponde Giacomo. Vengo a prenderlo tra un'oretta. Sì, certo, cara, fai con comodo, Valerio va molto d'accordo con Giacomo e poi magari mi metto a giocare io con loro: li sfido alla PlayStation, così quando sono morta centodue volte hanno saziato la fame di vendetta sui genitori per il resto dei loro giorni. Ride. È bello veder ridere una mamma. Cerco di ridere anch'io con qualche parte del corpo. Il becco è troppo appuntito per allargarsi in un sorriso.

Il negozio di scarpe ha le vetrine lucidissime. Ci sono i saldi anche se è maggio. È incassato in un angolo al piano terra di un bel palazzo, di quelli che non si costruiscono più, con i riccioli sopra le finestre e i davanzali piccoli con i gerani rossi.

Quando venivo al negozio da mio padre, era sempre una festa. Mi faceva provare tutti i tipi di scarpe che volevo e se non c'era gente facevo finta di essere una modella e sfilavo per lui con i tacchi alti, traballavo sulle punte, piroettavo e cadevo e ridevo.

Oddio, si sono insinuati di nuovo i ricordi. Ci sputo sopra.

Credo che il collo mi si stia allungando, fa male diventare cicogna.

Sui pazzi

La mia compagna di banco è un mistero. Martina dice che è pazza come la madre che soffre di esaurimento nervoso quindi di pazzia, dice che adesso i pazzi non li chiamano più così e che va di moda questa cosa dell'esaurimento. Dice anche che non li possono rinchiudere perché allo Stato costano troppo gli ospedali dove tenerli, così li lasciano in giro. Però a me non fa paura. Solo rabbia. E poi cosa vuol dire esaurimento? Uno si esaurisce, finisce quando muore, mica prima. Non ci capisco granché, stasera vado a guardare l'Enciclopedia medica di mio padre. Lui dice che c'è tutto. Quando ha qualche dolore, la consulta e quando a me sono usciti i primi brufoli mi ha fatto vedere la pagina dove c'era scritto: "infiammazione acuta dell'apparato pilosebaceo sostenuta dallo stafilococco aureo" che mi è preso un colpo all'idea di avere questo stafilocosa sulla fronte e di portarmelo a spasso.

Se è pazza, lo è a intermittenza. Cioè, oggi lo è stata alla grande, quando non ha voluto disegnare. Vabbe' che la Prof di disegno non è niente di originale. Ci mette davanti, sulla cattedra, delle fruttiere, anzi dei vasetti e noi dobbiamo immaginare che siano fruttiere con quattro mele avvizzite, un grappolo d'uva e due arance avanzate dal battesimo di sua figlia, ora diciottenne.

Vabbe', ma almeno, dico io, provaci. Invece niente. Non appoggia la matita sul foglio. Proprio. Non fa neppure un puntino. Che già sarebbe una cosa. Ho visto in un dépliant un quadro tutto bianco con un puntino quasi al centro, neppure al centro centro che già sarebbe stato un riconoscimento di uno che si è sforzato di trovare il centro di un rettangolo.

Be', questo puntino con la cornice intorno valeva più di cinquanta milioni.

La Prof di disegno adesso la ignora. Prima si arrabbiava. Le ha dato sufficiente per via che in Storia dell'Arte va benissimo.

Però lo guarda, il foglio. Mi fa impressione, se ne sta tutta l'ora in osservazione del foglio bianco. Vorrà scoprire le gradazioni del bianco?

Ieri invece mi ha persino sorriso. Non con le labbra, per

carità. Con qualcosa di lei. Si è come fatta vedere un pochino dentro e, giuro, sorrideva.

Martina dice che rischio di diventare pazza anch'io a starle vicino. Però quando le ho chiesto l'ultimo passaggio dell'espressione algebrica lei me lo ha mostrato e dentro sorrideva. Volevo parlarle, ringraziarla meglio, ma mi sono bloccata perché lei è tornata dove sta sempre. E io non lo so dove sta. Quasi quasi do retta a mia madre e la invito al mio compleanno. Che sarà mai, poi? Sto con lei cinque ore al giorno, se un giorno supero le sette non succederà mica un cataclisma.

È un X-files, te lo dico io – Martina e il suo gusto per il soprannaturale. Lei vede UFO dappertutto.

Sugli amori

Posso invitare anche un maschio. Al mio compleanno. Sono indecisa tra Gianluca e Marco. Strana, mia madre, con questa idea tutta sua delle proporzioni: due femmine e un maschio. Vorrei dirle che per ogni maschio, secondo le statistiche, ci sono sette femmine, ma le verrebbe un colpo. Non vuole sapermi crescere. Non vuole avere niente a che fare con gli ormoni interni. Quelli esterni li sopporta e cerca di curarmeli, mi compra creme innovative contro i brufoli.

I miei tre amori se ne sono andati nel giro di ventiquattr'ore: fidanzati tutti e tre con tre Barbie modello cubista.

Ci ho mangiato su una confezione di panna spray sopra una tazza di fragole, poi mi veniva da vomitare. Martina, che è a dieta, mi guardava e ogni tanto mi rubava una cucchiaiata di panna. Che schifo la vita! Forse ha ragione Lorena a starsene dove sta.

Sui girasoli

È proprio un giorno di maggio. Ti ricordi, papà, quando era maggio e le strade fiorivano di biancospino e gonfiavi la bici e mi mettevi un cuscino piccolo sul sellino perché stessi più comoda e poi mi legavi con la cintura di sicurezza e io ridevo perché non riuscivi mai a fissarla nel modo giusto e con le mani grandi da calzolaio mi facevi il solletico e il sole splendeva senza farci male e forse sul mare volavano lenti i gabbiani, le cicogne non ancora? Non c'era bisogno di loro, allora.

Perché lui non è anche il mio papà?

Devo fare in fretta a diventare cicogna, le domande di

Giacomo sono sempre più grandi. Non ce la faccio a contenerle.

Lori, che bel disegno, disegni proprio bene tu!

Fermo con lo scotch il disegno del girasole. Papà li amava tanto. Diceva che sono fiori e non fiori. Non è vero che girano verso il sole, è il sole che vuole guardarli tutto il giorno.

A maggio dove li trovo i girasoli? Così li disegno. D'estate vado verso la campagna e ne rubo due o tre per volta, poi vengo qui e li metto nel vaso.

Io disegno solo per lui.

Giacomo lucida la foto di mio padre con un fazzolettino di carta. Toglie la polvere e me la fa vedere.

Perché lui non è anche il mio papà? Tu sei bella come lui. Se lui non è il mio papà, allora io non sono bello come te.

Sei più bello di me, Giacomo. Davvero.

Mi sorride con la bocca un po' sdentata. Gli sta ricrescendo un dente, ma va verso l'interno.

E se ci volesse l'apparecchio? Dove li trovo i soldi?

Me lo trovo al collo e nemmeno me n'ero accorta.

Anche se abbiamo papà diversi, però la mamma è uguale, e quindi tu sei davvero mia sorella.

Lo abbraccio un po' forte, solo un po', non voglio invaderlo. Non voglio invaderlo.

Nel cimitero si è fatto già buio. Sono sicura che se vado fuori c'è ancora il sole, ma qui, papà, è già buio e dobbiamo andarcene, non è tanto per me, ma tu mi capisci, c'è Giacomo, e poi se prende freddo? Se prende la tosse?

Dovrebbe rimanere a casa, senza di me. E tu lo sai, papà, non posso permetterlo. Non è possibile.

C'è sempre quella signora sulla tomba vicino alla tua, la vedi papà? Lei aspetta il buio e poi canta per suo figlio. Ascolta la musica, è molto bella, ti tiene compagnia, ti tiene caldo. Ha una bella voce e la canzone non è triste, così ti puoi ricordare meglio di noi due, delle canzoni che cantavamo e delle risate in bicicletta o in macchina o mentre facevo le sfilate al negozio.

C'è anche il girasole nuovo. Credo che vada bene finché non piove, finché la pioggia non si porta via i colori. Poi te lo rifaccio.

Lori, ma partiamo senza dire la preghiera?

Su Lorena

La mia compagna di banco si chiama Lorena.

Ricomincio. La mia compagna di banco è molto strana. Cancello. La mia compagna di banco abita in un altro pianeta. Ridacchio e strappo.

La mia compagna di banco si chiama Lorena e ha i capelli color delle more.

Questo tema sta diventando una noia. Avrei fatto meglio a fare una scaletta, ma come si fa con una tipa così? Mi sta bene, avrei potuto scegliere Martina, di lei so tutto, ma chissà perché non mi va. Mi va di parlare di Lorena.

La mia compagna di banco ha un sorriso che non si vede.

Mi sembra che vada meglio.

Sono quattro mesi che siamo vicine di banco eppure io non l'ho mai sfiorata, neppure gomito contro gomito.

Anzi, è meglio dire che lei non si è mai lasciata sfiorare. Molto di più: le dà fastidio se la guardo. Non me lo ha mai detto, ma si capisce. Se mi capita di buttarle addosso gli occhi, lei volta di scatto la testa e diventa nervosa.

È una compagna non come le altre, che ci puoi ridere, scherzare, pettegolare sui Prof e sui maschi. È una compagna che va bene se hai voglia di silenzio. Però non è male.

La mia compagna di banco vorrei che fosse brutta come me, così potremmo parlare delle nostre sventure e dei nostri guai. Lei però è bella, ma non si mette mai in mostra. Forse è per questo che mi piace. Fossi io bella come lei, credo che mi iscriverei al concorso di Miss Italia mentendo sull'età. Mi metterei il lucidalabbra color lillà e lascerei i capelli sulle spalle: ha dei capelli che, si vede, sono morbidi come ovatta.

Di lei non so quasi niente tranne che è un po' nei guai, che ha un sacco di responsabilità per via della madre malata. Forse è per questo che è così diversa da noi.

Chiudo il quaderno. È un tema schifoso, da insufficiente pieno, ma credo di aver capito cosa non è la mia compagna di banco.

Sulle scarpe

Oggi il collo si è allungato di nuovo. Il dolore era indescrivibile. Stanno anche spuntando le prime penne sulle ali. Quanto ci vuole per diventare cicogna?

Ho trovato anche dove andare a fare il nido. C'è il vecchio campanile abbandonato, un po' fuori città: un posto stupendo con il bosco che gli fa da sfondo come in una cartolina.

Il cane accarezza il piede di una signora. Anche un cretino avrebbe capito che quello era un piede da 39, ma lui, il cane ha voluto provarle il 38. La signora dalle dita lunghe che sembrano spade sembra anche contenta. Il cane le scodinzola intorno.

Che gentile, lei è sempre così gentile, se ne contano ormai sulla punta delle dita di uomini con il senso della gentilezza. Tutti cafoni, oggi, maleducati, gentaglia senza rispetto. Nel suo negozio invece, si respira, come dire, mi aiuti lei a trovare la parola, lei così colto, sì, sì, ecco sssignorilità, ah ah, mi fa il solletico, sa. Con la vecchiaia mi è cresciuto il piede, prima bastava un 37 e mezzo, al massimo un 38 per le scarpe col tacco, ma adesso. No, non dica così, mi fa arrossire. Ho la mia età, lo so, e ormai i piedi di fata, ma un tempo, un tempo sì, e poi si muovevano con grazia. Lei è davvero un uomo sensibile.

Sulle vestaglie

La faccia della vestaglia mi pare più colorita.
Oggi niente medicine, che diavolo.
Non dico niente. Sarebbe troppo bello.
Giacomo, facciamo una passeggiata io e te, oggi?
Ma', io però volevo andare con Lorena a fare la spesa.
Ci andiamo noi a fare la spesa, ti va?
Mi compri le patatine nel sacchetto, quelle che hanno per sorpresa i dinosauri?
Certo. E tu, Lorena, cosa vuoi?
Vorrei dirle che vorrei che la faccia della vestaglia avesse sempre quel colorito, ma dico niente, grazie. La mamma

si veste e si trucca. Erano mesi che non la vedevo con il rossetto. Ne ha tre in tutto, quello rosa perla è quello che le sta meglio perché ha le labbra piene. Glielo dico. Lei ride con la bocca aperta e se lo mette. Fa una smorfia dallo specchio e io sto appoggiata al muro a rimirarla. Non smettere, ti prego, non smettere. Non tornare fra un'ora con gli occhi vuoti da infilare in una vestaglia, non te ne andare. Ho bisogno di te. Se ci sei tu, io non divento cicogna. Te lo giuro. Ha messo le calze, con questo caldo, glielo dico, lei si guarda e le sfila. Hai ragione, piccola, hai sempre ragione.

No, non ho ragione, ma'. Appena Giacomo se l'è portata via, tra le macchine e la strada, prendo la vestaglia e la nascondo nel vecchio armadio del ripostiglio. Vorrei avere due o tre tarme a disposizione per vederla sparire, mangiata da mandibole quasi invisibili ma potenti. Non ce le ho, le tarme a portata di mano. Spero nell'umidità.

Squilla il telefono e sento le mani sudare.

Pronto?

Sì, sei tu, Lorena?

Sì, chi è?

Be', sono io, Anna. Sai, la tua compagna di banco.

Ah!

No, scusa, ma è così raro sentire la tua voce che non ti avevo riconosciuta, credevo che fosse tua madre.

No, mia madre è uscita a fare la spesa. Ci tengo a farlo sapere al mondo intero.

Normale. Be', domenica è il mio compleanno, veramente

sarebbe lunedì, ma sai, il lunedì la mamma lavora e non può preparare niente, cioè, non è che preparerà chissà cosa. Oh, insomma, sono una frana, ma volevo invitarti, se vuoi, da me. Mi farebbe piacere, davvero.

Le farebbe piacere, davvero. Le farebbe davvero piacere. Anna. La mia compagna di banco. Anna non è una cicogna. Forse neppure io lo diventerò anche se ho già il becco e il collo abbastanza lunghi. Io non ci parlo mai, con Anna, neppure con Martina, la sua amica, neppure con le altre. Io non posso parlare perché non ho niente di bello da dire. Il brutto deve essere buttato via, o perlopiù ignorato. Cosa potrei dire a un compleanno? Auguri per cosa? Per i tuoi tredici anni! Una frase completa, e poi? Se mi chiedono, io non so rispondere, io non so parlare con gli altri, solo con me stessa, e poi adesso devo imparare il linguaggio delle cicogne e non ho tempo da perdere con i compleanni. Però un po' mi piacerebbe: ascoltare le risate. È la musica che preferisco. Certe risate, però. Non quelle che si fanno con se stessi. Magari uno dice una battuta e ci ride solo lui. Non mi piace granché. Mi piace la risata di chi ride insieme. Nello stesso momento e per lo stesso motivo. Io non so ridere. Magari alla festa c'è anche Martina e qualche madre, qualche essere umano che non soffre di esaurimento nervoso, e poi non c'è il cane, neppure la saliva del cane.

Devo chiederlo a mia madre.

Oh, certo, se vuoi le faccio telefonare dalla mia, non vede l'ora di pigiare i numeri sulla tastiera di un telefono.

È una battuta, e non è neppure malvagia. Devo ridere. Non ci riesco.

Non importa. Glielo chiedo io e domani ti faccio sapere, va bene?

Sì, certo, e... Lorena, io... ti piace la crostata di arance?

Sui cani e sugli sciacalli

Non vado, stavolta davvero non vado. Avevi detto che era l'ultima volta. La mamma ora sta bene, la mamma ti ucciderà.

Gli occhi del cane girano per la cucina vuota. È come se lo avesse sospettato. Non ha fretta. Cerca la sua ciotola. Deve aver chiuso, oppure ha chiesto a Giordano, un vecchio pensionato che bighellona per le vie in cerca di ricordi, di rimanere al negozio.

Non abbaia, ghigna. Il ghigno del cane somiglia a quello dello sciacallo. L'ho sentito in un documentario alla tivù con Piero Angela. Lo sciacallo non ha fretta, le prede sono morte. Morte. Non possono scappare. Non posso scappare, stavolta sì.

Si prende tutto il tempo che vuole, le guarda, le sue vittime, immobili, già violate.

Lo sciacallo le fiuta, sente già il sapore della loro carne ancora calda sulla lingua, dentro lo stomaco.

Giacomo.

Soffia la parola. Come una bolla di sapone. La soffia, e la parola mi raggiunge.

La parola mi mangia.

Sull'odore dei cani

La stanza è umida di muffa, come sempre. È una muffa con dentro una stanza.

L'ala destra mi prude. Stanno spuntando le piume.

Le cicogne sono guerriere quando si tratta di difendere il nido. Con il becco lacerano, trafiggono gli intrusi. Uccidono.

Penso a quando avrò il mio nido, tutto per me. Ci porterò Giacomo. Anche se lui volesse diventare un gabbiano, lui ce lo porterò.

Le cicogne proteggono i loro piccoli fino alla morte. Se piove allargano le ali e non li fanno bagnare e se c'è il sole troppo forte, il sole che fa male, le ali fanno da scudo.

Quando sarò cicogna potrò proteggerlo, devo fare in fretta.

Apro la finestra perché so che da qualche parte c'è il mare. Se apro la finestra il mare non mi sembra così lontano. Posso sentire anche la risacca, se sto attenta.

Io sto molto attenta e così la sento. La risacca mi fa dondolare e mi lava via lo sporco.

La risacca mi fa anche un po' sognare. Poco. Io ho paura dei sogni. Ma se sogno poco posso ancora andare avanti. Finché non diventerò cicogna.

L'odore del cane penetra nei sogni, e ho paura che tutti siano cani e quando mi sveglio ho paura di più di sentire quell'odore addosso a tutti.

A scuola non lo sento. È per questo che ci sto bene. Io. Ma una cicogna non può stare a scuola. È per questo che oggi non ho potuto fare il tema. C'era da descrivere una persona. Io avevo paura. Se descrivo le persone ho paura di sbagliare a descrivere il loro odore. Non tutti hanno l'odore del cane, ma potrei sbagliarmi. Potrei sbagliarmi. Invece se descrivo le cicogne posso parlare dell'odore del mare, o anche dei gabbiani.

Sento quell'odore e il respiro del cane.

Sono pronta. Divento di botto cicogna.

Sulle crostate d'arancia

Hai invitato la pazza?

La smetti di chiamarla in quel modo?

Perché, una che si liscia per due ore la spalla come la vuoi chiamare? Anche la Prof di francese l'ha richiamata venti volte e lei neppure l'ha guardata.

Avrà qualche mania, vabbe', ma mica è giusto che la chiami così.

Chi va con lo zoppo impara a zoppicare.

Martina, adesso ti ci metti con i proverbi, come mia madre? Magari è solo stanca, magari è tanto sola, che ne sai?

Sola ci vuole rimanere. Quante volte abbiamo provato a parlarle?

Forse non erano le parole giuste e... oh... lasciala in pace, e lascia in pace pure me.

È la prima volta in tredici anni che rispondo in questo modo alla mia migliore amica. E tutto per la mia compagna di banco.

Mi pento. Ehi, Martina, scusa, hai ragione tu. Dai, non farmi il broncio. Vorrei dirle. Ma non glielo dico. Invece mi dico, chiudendo gli occhi, aprendoli e osservando una macchiolina nera sul banco, che io sola non lo sono mai stata. Anche se non ho fratelli, da piccola li desideravo tanto, io non mi sono mai sentita sola. Tranne adesso. Quando guardo la mia compagna di banco. È questa cosa che la chiamano pazza, prima anch'io, ma lo giuro, è durato tre giorni o poco più, per far piacere a Martina, credo, come quella volta che ho deciso di tifare Juventus perché era diventata la squadra del cuore di Martina e lei in cambio mi ha dato gli occhiali da sole a forma di Topolino, questa cosa che la chiamano pazza mi fa sentire sola. Non la voglio mangiare più la crostata d'arance solo perché Martina ne va pazza, allora anche lei è pazza, accidenti, a me la crostata d'arance non piace, mi allappa il palato. Mi piace la crostata di more. Oggi lo dico a mia madre se la cucina per il mio compleanno. Lorena, cos'hai? Si liscia ancora la spalla, ripetitiva ma tranquilla. Non ha gli occhi da pazza, rosso fuoco e vuoti. I suoi occhi sono pieni dei disegni che non fa sul foglio. Davvero. Ci sono tutte le cose che la Prof ci chiede di disegnare, lì sulle pupille: la quercia che vediamo da una finestra dell'aula, la fruttiera, il vasetto con le arance passite, i fiori di campo, la sedia a dondolo che una volta portò Marco facendoci credere che una volta Benigni era andato a casa sua e si era seduto su quella sedia e su quella sedia luccicava ancora la sua aura.

Prima di riderci sopra ci abbiamo creduto per due ore. Marco è convincente, quando racconta. È un dono. Io invece ancora non capisco.

Ma i disegni che ha negli occhi Lorena sono splendidi. E io non voglio più mangiare la crostata di arance.

Sulla leggerezza delle ali

Mi sentivo così leggera, come se non avessi più le gambe e le braccia e neppure lo stomaco. Come se avessi le ali. Come adesso.

Le lenzuola del letto di Giacomo sono da cambiare. A volte ci fa ancora la pipì. Io asciugo con il phon. Però dopo un po' si sente la puzza.

Mia madre gira per la casa in cerca di qualcosa.

Lori, hai visto la mia vestaglia?

Mi si ferma il respiro.

No, mamma, ma scusa, a cosa ti serve?

La volevo buttare nel secchio della spazzatura, è troppo

lacera, è vecchia anche per regalarla alla Caritas.

Oddio, mamma. Mamma. Vai avanti. Fai un passo ancora. Guardati attorno. Proteggimi.

Oggi vado in negozio. Mi farà bene vedere gente. Ah, mi ha telefonato la mamma di Anna. Sei invitata domenica a una festa di compleanno. Perché non me lo avevi detto?

Mah, mi sono dimenticata e poi non ho granché voglia di andare.

Ehi, Lorena, vieni un po' qui. Dico, una festa di compleanno a tredici anni è tanto. Lo so piccola, lo so. È colpa mia. Devi fare tante cose. Io non ce la faccio quando sto male. Ma adesso va meglio, sto combattendo contro un leone, ma anch'io sono un leone, quindi siamo ad armi pari non trovi? Ride di gusto. E poi piange e mi abbraccia. Forse adesso sente le ali. Se me lo chiede, cosa le dico?

Su Leonardo di Caprio

Senti, Anna, che ti ha detto... sì, insomma, Lorena viene alla tua festa?

Gianluca che si sbottona. Uau! Questa sì che è una notizia notizia. E chi se lo aspettava?

Ehi, non chiamarla festa, è mia madre che mette in moto le arti culinarie e vuole avere vittime sacrificali fresche e arzille! Comunque non lo so, perché non glielo chiedi tu?

Io? E credi che non abbia mai provato a parlarle? Accidenti! Il muro di Berlino al suo confronto era fatto di wafer!

Gianluca, sul serio, anche tu credi che sia... che,

insomma, abbia qualche problema del tipo...

Lo so come la chiamano, sai. Io non lo so cos'ha, però qualcosa ha. E mi dispiace, sì, accidenti, mi dispiace che sia così triste.

Se ne va di botto, come se avesse parlato troppo. Mi fa impressione. Un maschio che si occupa di una femmina. Però se anche un maschio se n'è accorto, allora vuol dire che la cosa è grave. Ma quale cosa?

È troppo difficile per me. Io in fondo non è che sia così tanto intelligente. Dev'essere una cosa, boh! Io quando ho qualcosa di grande lo dico a Martina. Tipo il mio grande amore per Leonardo di Caprio che l'ho sognato che mi teneva stretta sul Titanic e io piangevo e non riuscivo a guardarlo bene in faccia, ma lui mi assicurava che mi amava e che mi avrebbe salvata.

E mentre la nave sprofondava nel mare con gli iceberg intorno, mi sono svegliata tutta sudata e la mattina avevo il mal di gola e trantasette e uno di febbre, così ho saltato la gita. Accidenti a lui.

Ci sono altre cose che dico a Martina, cose grosse. Ho paura delle mestruazioni. So bene cosa sono. Mamma mi ha spiegato tutto. Ma a me fanno paura lo stesso. Martina già ce le ha e dice che sono dolorose certe volte, altre sopportabili, ma sempre molto schifose.

Martina però non ne ha paura. Lei ha paura di ingrassare. Per questo sta sempre a dieta e poi mangia gelati alla panna e cioccolato e quindi mi telefona disperata che la bilancia segna due etti in più. Te le sei tolte le scarpe? le chiedo sempre. Lei non se le toglie mai, quindi va a controllare e torna alla cornetta, felice che quei due etti erano le scarpe. Credo lo faccia apposta. A non togliersi le scarpe. Così poi può ascoltare me che glielo ricordo e può ritornare contenta.

Poi ho anche paura del buio. Ecco, questo non glielo dico, a Martina. Non lo dico a nessuno. Ma ho paura. Dormo ancora con la luce accesa, quella della luna con il Pierrot, una lucina piccola che non dà fastidio. Mi fa venire in mente le cose cattive, il buio.

Io nella mia vita non le ho mai avute, le cose cattive. Ma so che potrebbero arrivare. Forse Lorena ha già le cose cattive e non riesce a dirlo a nessuno, come me che dormo con la luce accesa.

Sulle camicette e sulle scarpe slacciate

Ho visto la tua nuova amica ieri pomeriggio!

Martina, dai, smettila, facciamola finita. Chi hai visto?

La... Lorena, volevo dire.

Martina, ti ho chiesto scusa, ti ho prestato lo stereo, ti ho giurato e spergiurato che ti voglio bene, ti ho detto che non sei obbligata a farmi regali, vuoi forse che mi metta in ginocchio e ti preghi di perdonarmi, o vuoi forse trafiggermi con una spada?

Non sarebbe una cattiva idea, quella del ginocchio, non quella della spada, che a me, lo sai, fa impressione il sangue, soprattutto quello verde. Comunque l'ho vista. È strano.

Hai visto Lorena? E dove?

Sei curiosa, allora? Ve bene, va bene, basta spintonarmi, vado solo a benzina verde. Ero andata con mia madre da un medico omeopatico, sai, la mamma ha la fissa della medicina alternativa. È uscita da un portone di una casa da schifo. Sola. Faccio notare che eravamo in periferia. L'ho vista benissimo, perché la mamma andava a venti all'ora, per via di leggere le vie, per trovare questo dottore.

Sarà andata a trovare qualche parente.

Può darsi, ma aveva una faccia. La mamma dice che quello è un quartiere pericoloso, poco affidabile, se hai capito, e se non hai capito peggio per te. E poi aveva una faccia! Non mia madre, lei ce l'ha sempre, Lorena, insomma. Sembrava uno zombie. E poi vuoi proprio sapere il meglio?

Ti prego, Martina, tanto me lo dirai lo stesso, non è vero?

Be', aveva la camicetta al rovescio. Si vedevano le etichette! E aveva le scarpe slacciate.

Lo dice sgranando gli occhi e continuando imperterrita a sgranocchiare i pop-corn. Le macchine suonano il clacson impazzite. D'improvviso ho molto caldo. Mi accorgo che il vento non ce la fa a spazzar via le poche foglie del viale.

Mi sento male. Male. Che cosa vuoi che sia! Forse la mia compagna di banco è una tipa distratta. In fondo anch'io a volte mi metto i calzini al rovescio. Ci sono persone che dimenticano gli ombrelli, le chiavi delle macchina. Che vuoi che sia una camicetta! Però.

In effetti la mia compagna di banco è molto precisa. Di una precisione che a volte dà sui nervi anche ai Prof. Aggiusta la seggiola, i quaderni sono sempre perfetti, i libri con le copertine foderate e mai uno scarabocchio o un AMO ALBERTO o un VIVA MILAN s'è visto. Pulisce il piano del banco con i fazzolettini di carta prima di toccarlo lei.

Martina mi prende sottobraccio davanti alla pasticceria.

Sai cosa ho chiesto io per il mio compleanno? Senti e schiatta d'invidia: un cellulare.

Sui no

Arriva lo zio Piero. Il cane ha fatto tre o quattro smorfie, ma non c'è stato niente da fare.

Lo zio Piero arriva domani con l'aereo.

È il fratello della mamma. Giacomo in cucina salta dalla contentezza. Lo zio Piero gli porta sempre un sacco di regali e anche a me. Starà qui una settimana. Voleva andare in albergo ma la mamma ha fatto l'offesa e l'ha convinto. Il divanoletto del soggiorno andrà benissimo per me e lui dormirà nel mio letto, in camera con Giacomo.

Abita in Francia nella regione della Lorena. Se il mio nome ha una storia allegra lo devo a lui. Lo zio cercava di telefonare per avere notizie della mamma che era da giorni ricoverata in ospedale e quando finalmente è riuscito a parlarle io ero già nata. La comunicazione era disturbata così quando la mamma gli chiese "sai com'è?" lui capì "dove sei?" E rispose: "In Lorena, in Lorena!" La mamma mi battezzò così. Anche il papà era contento. È un nome semplice, anche se papà diceva che è un nome serio, da persone importanti. Io ci ridevo, allora, e adesso ci penso sempre più spesso alle sue parole. Chissà se mio zio si accorge che sto diventando cicogna!

Lori, credi che lo zio stavolta me la porta la PlayStation come quella di Valerio?

Non lo so. È un regalo costoso.

Ma lo zio ce li ha i soldi se prende l'aereo. Perché noi non ce l'abbiamo?

Ma che cosa dici? Noi ce li abbiamo giusti.

Per la PlayStation però no.

Ti prometto, Giacomo, che cercherò di comprartela io. Non subito, però.

Okay, però papà ce li ha, i soldi. Ho visto ieri che ne contava una montagna.

Mi sento la testa girare. Forse la testa non è più la mia, per questo gira.

Dove, Giacomo, dove li metteva?

Non l'ho visto, però li contava, anzi, li lisciava come se li stirasse, sopra il letto. Non mi credi?

Ma certo, ma certo.

I cani dovrebbero contare gli ossi. Lui è un cane, i soldi

li nasconde, come i cani nascondono gli ossi. Sono in casa. Li troverò e poi li mangerò, una banconota per volta. Li mangerò tutti.

Allora lo zio dormirà in camera con me?

È preoccupato. Non preoccuparti, piccolo. Non devi. Non ti succederà niente.

Non dirò più di no. I suoi sogni cattivi sono colpa mia perché un giorno ho detto di no.

La mamma stava male e io ho detto di no, volevo rimanere con lei, volevo rimanere con quel male e ammalarmi anch'io. Giacomo era nel suo letto. Tre anni. Un coso bello e quasi tondo con i capelli appiccicati alla fronte e l'odore di sapone.

La camera era in penombra per cacciare un po' di caldo estivo.

Il cane latrò in silenzio il suo ordine. Io non so da dove venne fuori quel no. Non ci avevo mai pensato, la paura mi aveva sempre fatto uccidere quel no. Forse quel giorno mi chiesi "paura di che? Di un cane? Ma va là." Non ricordo cosa pensai, ma doveva essere un pensiero malvagio, una specie di stregoneria, perché sentivo l'odio negli occhi. Così dissi no mentre stiravo la camicia del cane.

Il cane non si arrabbiò, invece andò nella camera e passò molto tempo a osservare il lenzuolo del letto di Giacomo. Molto tempo. Credo abbia contato fino a diecimila. Poi tornò in salotto e prese il cuscino sul divano. Il cuscino con le macchie di cioccolata che Giacomo si portava dappertutto.

Io lo guardavo incantata, lo guardavo quasi gentile. Questo lo ricordo. Lo seguii verso la camera. Giacomo teneva una mano sotto la guancia e la bocca leggermente aperta. Dormiva ancora e magari sognava il triciclo blu con gli adesivi.

Il cuscino con la macchia di cioccolata non è più tra le mani del cane, adesso è sulla faccia tonda. Non sento più l'odore del sapone. L'odore buono. Quasi lo sento, e poi non lo sento. Il cuscino diventa un ragno scuro e il ragno e il cane si tuffano sulla faccia tonda. Allora penso che adesso stanno mangiando. Io non vedrò più la faccia tonda, sarà solo una poltiglia. L'odore di sapone. Lo cerco. Non lo sento più. Allora penso di avere il raffreddore. Tanta gente ha il raffreddore in questa stagione, e poi ci sono le allergie. Provo a soffiare attraverso le narici e le trovo libere. Il cuscino poi si mette a dondolare, si muove, respira lui per me. Ma ancora non sento l'odore di sapone. L'odore buono. L'odore del cane invece diventa grande, non lo sopporto. Vedo le mie unghie e poi le ritrovo che graffiano, strappano, lacerano. La bocca morde, ma l'odore di sapone non torna. Non torna. C'è solo il cuscino che continua a dondolare, ma sempre più piano. È stanco il cuscino con la macchia marrone, che somiglia un po' alla cacca. È stanco, non respira più.

Lo faccio!

I sogni di Giacomo così hanno spesso cose cattive dentro. Hanno il sapore di cioccolata amarognola e sono senza odori. I suoi sogni sono storti e odorano di morte.

Per colpa mia.

Quando Giacomo ha i sogni storti, viene nel mio letto e dorme sotto la mia ascella. In fondo lui l'ha sempre saputo che io sono una cicogna.

Sulle crostate di more

Forse la mia compagna di banco ha davvero qualcosa che non va.

Oggi, a scuola, mi sono voltata e l'ho vista. Se ne stava a fissare attraverso il vetro della finestra. Per farlo aveva dovuto spostare il corpo leggermente verso sinistra. Ho provato a chiamarla, sottovoce per non farmi sentire dagli altri, ma nemmeno lei sembrava sentirmi.

La Prof neppure se ne è accorta. Mariella, che è davanti a noi, copriva Lorena, e poi la Prof ha problemi con la vista, a volte scambia i graffi della cattedra per formiche e ci passa sopra le mani per schiacciarli.

E poi era impegnata con Martina, interrogata in storia, ed era un grosso impegno capire dalle argomentazioni della mia amica quale fosse la vita di Carlo Magno e quella di Carlo Vanzina.

Lorena se n'è stata così per più di un quarto d'ora. Poi ha cominciato a massaggiarsi le gambe. Un massaggio preciso: dall'alto verso il basso, seguito da allungamenti verso gli zatteroni di Mariella.

Oh, cavolo, ma cosa c'è? Io non ce la faccio a capire. Io non ho mai visto nessuno così.

Anche adesso ci penso, mentre mia madre cucina la crostata di more. Sto seduta davanti al tavolo con la farina sopra la spianatoia e la margarina a sciogliersi a bagnomaria e ci penso. Non importa se Martina dice che è pazza. Io non ci credo. Anche se si mette a mangiare lucertole io non ci credo.

È che la sua stranezza mi fa sentire piccolissima. Mi fa venire voglia di mandarla al diavolo, di dirle le parolacce, ma poi, se ci penso, mi viene il magone.

Ma', secondo te uno strano chi è?

Tuo padre, nel modo più assoluto. Senza alcun dubbio e sopra ogni errore.

Impasta la farina con lo zucchero, le uova e la margarina. Muove veloce le mani senza stringere la pasta, accarezzandola.

Uno che voleva andare in mongolfiera in viaggio di nozze è solo strano.

Sorride e forse si perde in qualche ricordo di lei e papà. Io non c'entro.

Uno più strano, ma'.

Mmm, c'è qualche problema, Anna?

No, ma'. La crostata sta venendo proprio bene.

È che tu forse, mamma, non capiresti. Neppure io so se c'è un problema. Martina mi dice di lasciarla perdere. Se continua così, ci penseranno i professori.

Ma io non posso. Non lo so nemmeno perché non posso.

Suonano alla porta e non mi sarei mai aspettata un fenomeno del genere. Forse ha ragione Martina, gli UFO sono qui e stanno innestando le loro volontà nei nostri cervelli.

Ciao Gianluca. Devo averlo detto con un'aria stralunata, come se avessi davanti lo Yeti, perché lui comincia a scusarsi.

Scu-scusa se ti disturbo, ma... posso entrare?

Certo.

In salotto c'è la tivù accesa, la mamma dalla cucina ascolta i programmi anche se non riesce a seguirli. Dice che comunque è un modo per tenersi aggiornati.

La spengo. Mamma con le mani di farina sorride a Gianluca e poi chiude la porta e mette in funzione la radio.

Sono preoccupato, tu no?

Parli di chi penso io?

Oggi l'hai vista? Anna, c'è qualcosa che non va. Davvero. No, dicono che noi adolescenti ingrandiamo tutto, che vediamo col telescopio. Ma dico, come fanno gli altri a non vedere? I Prof? I suoi genitori? Io ho deciso, vado a parlare con i suoi. Però. Ecco. Se tu potessi aiutarmi. Cioè, se potessi accompagnarmi. Forse il coraggio mi si perde a metà d'una frase, forse poi le parole vengono su sbagliate, sai, poi io non so trovare i sinonimi e va a finire che ripeto seicento volte cioè.

Parlare con i genitori di Lorena. Intrufolarmi nella sua vita.

Poi mi viene in mente.

Ti piace, vero?

Diventa color papavero.

Okay, ti piace. Bene. Piace anche a me. Ehi, mi piacerebbe come amica. Pensiamoci ancora, perché io ho un po' di paura. So che hai ragione, anch'io sento quel pezzo messo male, da qualche parte, ma non so cos'è e non so da che parte. Però. Ci pensi che cosa dirà lei? Ci farà a polpette o ci cucinerà col contorno di fagiolini? E se fosse una sciocchezza, del tipo niente minigonna fino a sedici anni? Okay, okay, hai ragione, non è questo. Però. Oddio, noi due abbiamo solo tredici anni. Io neppure compiuti!

Non importa, se non te la senti vado da solo. Mi dai l'indirizzo?

Sullo zio Piero

Lo zio Piero è identico alla mamma, adesso che la mamma ride.

Gli occhi non sono brillanti e ha le rughe, ma è bellissimo lo stesso.

Tiene Giacomo attaccato al collo, lui non si vuole staccare. Lo riconosce, lui, l'odore buono.

I sacchetti con i regali sono in corridoio. Giacomo ha già sbirciato, è contento, anche se non c'è la PlayStation.

Che ragazzi, che ragazzi! esclama ogni tanto guardandoci. Il tempo è proprio strano. Corre e vi fa grandi, corre e mi fa vecchio.

Ha preso leggermente l'accento francese, con le erre addolcite e le ci che somigliano alle esse.

Per fortuna che l'aereo non è caduto!

Giacomo se lo tiene stretto stretto, mentre lo zio e la mamma ridono.

Ho capito, è venuto il momento di scartare i regali.

Giacomo ha la sua festa tra carte colorate e fiocchi e macchine col telecomando e mostri che vomitano gelatina gialla e verde. Per me c'è una trousse di quelle costose, con tanto di rossetto vero.

Ormai sei diventata una signorina, chérie, e che signorina.

Mi guarda, con gentilezza, ma io vorrei morire. Una signorina. Uno schifo di signorina. Con la puzza dei cani addosso. Magari, zio, avresti dovuto portarmi uno di quei famosi profumi francesi dove farmi il bagno per coprire gli odori cattivi.

Come fate a non sentirli? Come fate?

Il cane se n'è andato in negozio, un po' prima. Ma ormai la sua puzza ha intriso anche i pavimenti. Ha intriso anche me.

Le cose brutte devono essere eliminate. Forse era una signora sull'autobus che ha detto questa frase, o forse è entrata dai sogni storti di Giacomo, o forse è stato proprio il cane a dirla. Io sono una cosa brutta. Sì. Tante cose brutte hanno buttato su di me i loro occhi, così anch'io sono brutta e non basteranno i rossetti e le ciprie e i mascara che mi ha portato lo zio Piero a togliermi il brutto.

Papà diceva che ero bella. Oh, lo ricordo bene. Mi prendeva il naso tra le dita e lo tirava un po' senza farmi male, poi diceva che un naso così carino doveva prenderlo anche per sé e ripeteva la stessa operazione con gli occhi e con la bocca e con le guance. Io mi sentivo una bambola. Una bambola bellissima, di quelle che si guardano dalle vetrine dentro le scatole, con il pizzo a proteggerle dal cartone, quasi che cose così belle non dovessero toccare il cartone, ma solo il pizzo.

Questo prima.

Lo zio mi guarda più serio. Io non ce la faccio a sorridergli. Lui mi prende la mano e capisco che sente le penne delle ali da cicogna.

Su chi sa come pettinarsi

Dice Gianluca che una bella come Lorena non l'ha mai vista.

La cosa non mi infastidisce molto, solo un pochino. Un po' sono gelosa. Ma in fondo se ci ragiono, un po' lo sono sempre stata.

L'ho invitato a cena. Mia madre e mio padre ne sono stati contenti.

Gli hanno fatto un po' l'interrogatorio, ma lui se l'è cavata. È che Gianluca è un maschio, come dice anche Martina, che sa come pettinarsi.

Secondo lei i maschi che tengono con cura i capelli sono quelli di cui puoi fidarti.

Gianluca prima ce li aveva così come capitava, un po' lunghi, un po' corti, arruffati, con la riga storta. È qualche mese che li porta giusti. Davanti sono un po' rialzati, corti ai lati e dietro ha lasciato tre centimetri di coda, giusto per ricordare a se stesso e ai capelli i tempi dell'insurrezione. Mio padre e mia madre lo hanno guardato con soddisfazione senza neppure accennare all'orecchino. Loro ai loro tempi erano dei rivoluzionari. Così dicono. Dicono che protestavano per ogni cosa: contro i Professori all'Università che non ascoltavano mai gli studenti, contro i centri nucleari, contro il costo elevato dei libri di scuola, contro lo studio, contro i prodotti surgelati e contro altre cose di cui non ricordano bene il nome e quando nell'elenco arrivano a queste cose armeggiano con gli ehmm... e i così via. Stavano giornate intere davanti ai portoni dell'Università a parlare di ideali, di un mondo diverso e migliore. Bevevano birra e fumavano, tanto. Mi sembra impossibile: nessuno dei due sopporta l'odore delle sigarette. Adesso. A volte si guardano sulle foto e come amareggiati borbottano "non ce l'abbiamo fatta". Poi guardano me e sorridono.

Mio padre adesso che lavora in banca non protesta quasi più. Cioè, lo fa in casa, davanti al televisore, davanti al telegiornale, che lui dice è il peggiore dei film dell'orrore.

Comunque Gianluca gli è piaciuto.

Dovrebbero vederlo adesso che sta in camera mia, seduto sul bordo del letto, a fissare me a sei mesi col ciuccio in bocca.

Eri un cerchio perfetto, un cerchio di Giotto!

Mi sento umiliata. Umiliatissima. Ma poi Gianluca aggiunge: mai visto niente di così perfetto! E allora posso ridere di me. È che devo fare pratica: con un maschio non ho mai riso di me.

Se tu avessi un problema grosso, Anna, a chi lo diresti?

Non lo so, ma so che non lascerei per ultimi i miei. Non sono poi tanto male.

Eh, già, ma non tutti i genitori sono uguali. Il papà di Lorena è morto e sua madre ha qualche malattia, di quelle che hanno a che fare con i nervi.

Mi sento stringere qualcosa al petto.

Come, il papà è morto? Ma cosa dici? Guarda che suo padre ha un negozio di calzature all'angolo di Piazza Umberto!

Ma quello non è suo padre. È il suo patrigno. Il padre di Giacomo. Sua madre dopo la morte del marito, infarto, pare, si è risposata con questo Antonio De Carlis. Infatti Lorena ha un cognome e Giacomo un altro.

E tu da chi le hai sapute queste cose?

Ho chiesto un po' qua e un po' là. Le elementari Lorena le ha fatte nella scuola di mia cugina, e così.

Dio mio. Tredici anni ancora non compiuti e già così scema. Io. Sono stata brava a immaginare le malattie e le pazzie della mia compagna di banco, ma mai, neppure una volta, mi è passato per la testa di informarmi su di lei.

Eh, già, tutti devono essere fortunati come me, felici come me, avere una mamma che cucina crostate come me, un papà che torna la sera e ha tempo per me, come me.

Tutti devono avere come unico problema i brufoli e la pelle grassa e forse il fatto che la mamma non capisce se preferisci la crostata d'arance o quella di more.

Guardo Gianluca che sta osservando i miei CD e cerca forse di non farmi pesare il fatto che mi porto dietro questa stupida testa.

Ci vengo anch'io da sua madre. Ci andiamo insieme, domani o presto, anche stasera. Ma è meglio fra un po', meglio fra un po'. Dobbiamo essere sicuri, sicuri, quando lei è a scuola e il suo patrigno al lavoro. Lorena sta male e nessuno se ne accorge. Ne sono sicura. Non ci sono minigonne o cellulari, non ci sono cose da viziatoni come me, Gianluca, ci sono cose cattive che io non so. Che neppure tu sai, anche se sai pettinarti.

Eccola, la mia compagna di banco. Queste devono essere le sue due ore settimanali peggiori. Oggi c'è da disegnare un mazzo di fiori: tulipani, margherite rinsecchite, gladioli e giaggioli con i petali sofferenti.

La Prof per risparmiare li prende dal fioraio vicino al cimitero, prende gli avanzi, naturalmente. Tutti sospettiamo che vada a rubarli dai cesti dell'immondizia vicini alle tombe.

Questi dovrebbero rappresentare l'esplosione della primavera.

Se Vivaldi avesse avuto una Prof così, sicuro come l'oro che le Quattro stagioni sarebbero rimaste tre.

L'esplosione della tirchiaggine, commenta Martina passandomi un foglio piegato in quattro parti.

Il foglio mi sfugge di mano e cade senza far rumore sopra lo zaino di Lorena.

Corro a riprenderlo, prima che alla mia compagna di banco venga l'estro di distruggerlo.

L'occhio corre verso alcuni fogli tenuti da una graffetta che occhieggiano dallo zaino. Fogli grandi da disegno. Controllo Lorena: è intenta a osservare il puntino in mezzo al foglio che non farà mai.

Vengono su facilmente, tutti insieme. Prima di arrivare a metà mi sento le guance rosse.

Altro che Primavere di Vivaldi. Nel foglio esplode l'estate con un campo di girasoli.

L'acquerello è incredibile, tocco un girasole che sembra vero, con sopra una coccinella che si prepara a volare. E già sono lì, nel campo, voglio dire, e l'erba tra i girasoli mi gratta i polpacci, li segna e già penso alla voglia di grattarmi e a quale sarà la pomata adatta contro l'allergia da erba vera, di campo vero. Mi arrabbio con me stessa per non aver indossato i pantaloni lunghi. Ci sono le formiche sopra i gambi di girasoli e se alzo la testa posso guardare il sole senza farmi male.

Mi sento piccola, come in quel film che racconta di quei ragazzi rimpiccioliti, ma qui non c'è niente di gommapiuma o che sa di virtuale, qui ci sono le mosche e le zanzare che pungono e c'è anche l'odore di caldo perché tra i girasoli c'è un caldo bestiale.

Sento il respiro di Lorena sopra la mia testa. Mi sta guardando.

Mi ritraggo. Il caldo rimane. Lei ha lo sguardo per niente cattivo. Le sorrido. Ehi, tu che non disegni i puntini. Ecco perché non li disegni, fai bene, tu, a non disegnare le mele avvizzite e i fiori rinsecchiti. Tu non sei fatta per queste cose. Ma perché non li mostri alla Prof, per un ottimo anche in disegno. Le prenderebbe un colpo e noi rimarremmo a bocca aperta dentro i tuoi disegni. Perché.

Stacco un girasole per metterlo nel vaso, quando sarò a casa. Chissà perché, penso che sia un girasole ferito.

Sui nidi di cicogna

Lo zio Piero è stato in Alsazia.

È stato nella cittadina di Rouffach, la città delle cicogne.

Lo racconta mentre prende il caffè e Giacomo gioca col suo mostro. Io non ci riesco a staccare gli occhi dalla sua bocca che parla, che racconta di me.

Le cicogne sono dappertutto, lì. Quelle bianche, che poi non hanno tutte le piume bianche, c'è anche qualche ciuffo nero.

In Alsazia una cicogna sul tetto è una specie di benedizione, un portafortuna, e la gente non le scaccia anche se il nido a volte fa crollare i tetti delle case più vecchie.

Costruiscono nidi alti anche due metri con sterpi, canne, paglia, stracci, pezzi di carta, penne, nidi che arrivano a pesare qualche quintale.

Se ne vanno in alto, in alto, dove poter controllare il territorio e difendere meglio il nido. Come un castello, in alto, dove la puzza fa fatica ad arrivare e i cani devono arrampicarsi e qualche volta cadono giù.

In questa cittadina le cicogne volano sopra le teste della gente e così possono sentire le risate e le parole e possono guardare i girasoli da molto vicino. Ci possono anche andare in mezzo se vogliono.

Le cicogne sono libere e possono andare a vedere il mare quando gli pare se non hanno i piccoli dentro il nido e la femmina non deve andare dietro al maschio, se non lo vuole.

Nessuna cicogna ha i sogni storti.

Anche la mamma lo ascolta, ma la mamma non si accorge di me, di me cicogna.

La mamma parla di papà. Il negozio che le ha lasciato, l'unico sostentamento, e la malattia che ha portato via tanti soldi, e poi anche lei si è ammalata, non lo sa dove.

Antonio la salvezza, si è occupato di tutto, tutto. Del negozio, dei bambini piccoli. Non ci manca niente, grazie a Dio, ma chissà cosa sarebbe successo se non ci fosse stato lui.

Il negozio non va molto bene, il centro commerciale è stato un colpo basso, ma si campa, lo stipendio si riesce a tirarlo fuori. Non ci manca niente, niente. Certo non possiamo strafare, ma chi può, oggi. E poi gli specialisti che ho visto, sai, Piero, non c'entrerebbero in questa cucina, nessuno che ci capisca qualcosa in questa malattia che mi prende, che mi toglie il respiro. Ma i soldi li volevano ugualmente e come per giustificarsi dei conti, ognuno una cura diversa. Se non ci fosse stato lui, come avremmo fatto?

Lorena poi è un tesoro. Si occupa di Giacomo come fosse suo fratello, ma a volte i fratelli litigano, si trattano male, sono gelosi. Lei niente. Giacomo l'adora. Lei lo tiene come un figlio. Sono fortunata, Piero, tanto. Anche se ho questa cosa dentro che mi consuma l'anima. Ma chi può dire di stare bene oggi? Vedrai che mi riprendo, stavolta ce la faccio. Ho smesso con le medicine che mi annebbiavano il cervello. Non facevo altro che dormire. Anni interi di sonni senza sogni. Anni interi. Adesso per mettermi in pari dovrei stare sveglia fino alla fine della mia vita.

Ridacchiano insieme, si toccano le braccia. Lui le carezza i capelli. Come un fratello premuroso.

Ma Lorena cos'ha?

Lo dice sottovoce per non farsi sentire. Ma io sento. Io sto molto attenta.

Mia madre mi guarda. Mi guarda e non vede le mie ali, il becco e le zampe che si stanno allungando. Non ancora. Non importa, mamma, non importa. È da poco che sei tornata in vita. E poi non c'è problema. Me la cavo. Ancora per un po'. Ancora per un po'.

Sulla musica nelle parole

Il cane, come tutti i cani, compie di nuovo il suo rituale.

Il negozio è pieno per le vacanze imminenti. Sono tutti concentrati sulle scarpe estive e le ciabatte da mare. Ci sono in saldo le calzature invernali.

Nessuno si mette più le calze, così le scarpe entrano male. Porto il borotalco e il calzascarpe.

È che adesso, signora, ha i piedi gonfi per via del caldo, ma vedrà che appena il piede si riposa, queste le stanno a pennello. Vera pelle. La pelle, si sa, si adatta, vedrà, ci starà come scalza. E poi per ogni problema io sono qui. Non mi muovo.

Me l'aveva detto la mia amica Teresa che da lei si compra bene. Non come al negozio del centro commerciale, lì sembra che ti facciano loro un favore a venderti le scarpe e si stufano a fartene provare più di un paio e poi la commessa sbuffa se deve portarti il calzascarpe. Lei invece ha un'aiutante che sembra una modella. Così gentile. Così bella.

È mia figlia.

Mi pareva, le somiglia un po'.

Lorena, vieni, la signora vuole conoscerti, e portale anche quel portachiavi di pelle. Un omaggio. Non lo diamo a tutti i clienti, ma a lei.

Devo sopportare finché non sarò cicogna del tutto. Il cane non ha la musica nelle parole. Mio padre sì. Mio padre non aveva tutta questa saliva dentro la bocca. Come mi divertivo a starlo a sentire la sera. Imitava tutti i clienti, quelli strani, quelli esigenti, quelli che volevano la suola di gomma, ma preferivano il cuoio. Non li prendeva in giro, però. Mai.

Il cane ha detto ancora che sono sua figlia. Ma non lo vede, che sono una cicogna? Non sono un cane. Quando sono cicogna bene, ci vado, nella muffa dove c'è la stanza, con il becco rompo le pareti e faccio la cacca sul pavimento. Poi chiamo altre cicogne a fare lo stesso. Non deve rimanere niente della muffa, né della stanza.

C'è il ripostiglio al negozio. I portachiavi sono lì in una scatola che prima conteneva caramelle al limone. Una specialità artigianale. Anche il cane è lì che mi aspetta. Ha il suo ordine da darmi.

Sui girasoli veri

L'hai mai portata da un dottore? L'hai vista quanto è magra? E poi, e poi, santo cielo, Grazia, d'accordo, sei stata malata, ma quella ragazzina non sta bene, si vede.

Ma cosa dici? Piero, sarà la primavera, un po' di stanchezza. Non è una vita facile per lei. Ora le faccio fare un ciclo di vitamine, subito.

È meglio se le parli e poi la porti da un medico. Dammi retta. I professori, a scuola cosa dicono?

Ha tutti ottimo. Quasi tutti. È bravissima.

Ma hai parlato con loro?

Piero, allora tu non capisci! Sono stata male. Male.

E nemmeno Antonio ha parlato con loro?

Mah, non so, il negozio, le tasse da pagare, sai...

Oddio, che cosa abbiamo fatto?

Volto la testa dall'uno all'altra. Gianluca fa lo stesso. Glielo abbiamo detto. Non so come.

Ce l'abbiamo fatta, tra duemila cioè e però. Cosa abbiamo detto nemmeno lo ricordo bene.

Gianluca se ne sta dritto sulla sedia. Attento. E se ci fossimo sbagliati? Ma allora, tutti quei quadri. Li abbiamo notati appena entrati. Dal corridoio fino qui in salotto. Ci saranno cinquanta quadretti a giorno con i girasoli, mazzi di girasoli, campi di girasoli.

Li ha incorniciati suo padre, disegna così bene, Lorena, fin da piccola, soprattutto i girasoli, i fiori preferiti del mio povero marito.

Gli abbiamo detto della mania che ha di strofinarsi la spalla, le gambe. Quel modo tutto suo di stare in silenzio che non è stare zitta lei, è piuttosto far stare zitto tutto il mondo. Quell'ostinazione nel non voler disegnare, niente, neppure un puntino. Lei che sa fare i girasoli veri.

Gianluca prova a dire qualcosa, poi ci rinuncia. Non c'è altro da dire, noi due abbiamo tredici anni, io neppure compiuti, ma guardando la madre di Lorena mi sembra di averne quaranta compiuti. Così qualche mamma se ne va. Se ne va. Anche se ha i piccoli che ancora non riescono a uscire da soli dal nido. Perché se ne va? Io non me lo ero mai chiesto fino in fondo. Sono sempre arrivata a farmi le domande a tre quarti, circa, e a cercare le risposte in proporzione. Non avevo bisogno di più. Non mi serviva. E poi.

Mia madre non si giustifica mai. Mia madre non mi ha mai abbandonata.

Sono fortunata. Fortunata. E allora perché mi viene da piangere? Non sono le solite lacrime davanti alle soap, alle storie con la matrigna cattiva e il viaggio che ti fa crescere, e la vita che la scopri nel dolore, e lei che soffre per amore, e lei che viene umiliata dal signore del castello, e lui che alleva pecore, o magari cavalli e ci parla, con loro, e lei che ha una vita così faticosa e non riconosce più le cose vere, le cose che valgono, e lei che ha un incidente e magari non può camminare e poi deve fare l'intervento e ci vogliono i soldi che non ha, che ha una zia vecchissima che muore e che fa vivere lei.

Ci piangevo senza vergogna, davanti a queste cose che potevano anche essere vere.

E adesso perché mi vergogno a piangere per le cose cattive vere della mia compagna di banco?

Cosa sarà? chiedo a Gianluca mentre ci allontaniamo dal palazzo e non ho più vergogna delle lacrime.

Non lo so, Anna. Un attimo credo di aver capito, l'attimo dopo tutto mi sembra pazzesco. Comunque suo zio lo scoprirà. È un tipo in gamba. È uno che sa vedere.

Ah, sì, è uno che sa pettinarsi.

Mi guarda stupito.

Perché le madri fanno queste cose? Perché si mettono a dormire e ti lasciano sopra la bocca del vulcano, sospesa?

Non lo so, Anna, e se lo sapessi non te lo direi. Prenderei una corda e ti tirerei giù.

Non mi va di arrossire. Lo prendo sottobraccio, invece, e penso che in questa mattina di fine maggio lontani dalla scuola, potremmo sembrare due fidanzatini bigiatori felici-stupidi.

Il brutto è che non lo siamo.

La mia compagna di banco oggi è senza di me. Chissà se se ne sarà accorta.

Sul mare

Ho festeggiato il mio primo giorno da cicogna andando al mare.

Ho volato attraverso le colline e mangiato qualche insetto per tenermi in forze.

Il mio corpo è elastico, snello, potente. Romba. Le ali sono corazze agili e fendono l'aria come tagliassero la seta, senza troppo rumore.

Il becco è ben affilato. Il mare mi aspetta. Non è troppo lontano, adesso che le mie ali sono pronte. Il mare è così bello. Così grande. Ci possono volare sopra tutte le cicogne del mondo. Dentro al mare ci puoi vedere anche i girasoli, se lo vuoi. Avevo paura di non riuscire. Poi ho pensato a papà e tutto è andato bene.

Sulle rivoluzioni

Ha telefonato la mamma di Lorena.

Lorena non è tornata a casa. Non è andata a prendere Giacomo a scuola, così la maestra ha chiamato per sapere.

Lorena non è tornata a casa. La madre la sta cercando tra le sue amiche.

Le sue amiche. Lorena non ha amici. È che quando uno ha cose pesanti addosso non può mica perdere tempo a farsi amici. Il peso ti spezza. È meglio correre via, veloce veloce più in fretta che si può.

Ho chiamato Gianluca. Ci vediamo davanti al monumento a Garibaldi.

Mia madre mi guarda strana.

Anna, come stai?

Non lo so, ma'. Davvero. Credo bene. Io. Però.

Lo sospettavi, vero? Tu lo sapevi?

Non lo so. È l'unica cosa che riesco a dirti e a dirmi. Non lo so. È che a volte pensiamo cose sbagliate e pur di non ammettere che sbagliamo continuiamo a pensarle.

Sento le braccia di mia madre attorno al collo. Ha i capelli ramati, una tinta favolosa.

Quando tu e papà volevate cambiare il mondo, perché non ci siete riusciti?

Ah! Ma qui ti sbagli. In parte ce l'abbiamo fatta. Oh, certo, non abbiamo potuto evitare il buco nell'ozono o la desertificazione, ma abbiamo costruito insieme qualcosa che è come cambiare. Se non rischi, non ti butti, non puoi criticare. Noi abbiamo costruito te. Ti pare proprio un fallimento?

Lorena credo abbia delle cose cattive, ma non dentro di lei, ma'. Dentro di lei ci sono i girasoli che mica sono cattivi. Fuori.

Anna, se sono fuori si possono togliere. Se ti pungi con una spina la puoi togliere, esce un po' di sangue e fa male, ma poi guarisci.

Non le dico che certe spine possono penetrare, andare attraverso le vene e ferire il cuore. Non glielo dico, ma lo penso.

La guardo mentre mi lego i capelli perché fa tanto caldo e sudo soprattutto sul collo. La guardo e per un attimo siamo come alla pari. Come se capissi che lei sa più cose di me, sa delle cose cattive, tutte, e mi vuole proteggere come le mamme che non vanno via subito. Ma stavolta non può. La mia compagna di banco ha bisogno di me. E non ci sono viaggi avventurosi da fare con gli ostacoli da superare. Non ci sono castelli e fate, streghe cattive che basta una pozione per farle scomparire.

Quasi quasi avverto anche Martina.

Sui temporali

Qui il nido ci starà benissimo. Non vedo altre cicogne, ma arriveranno, ne sono sicura e in agosto migreremo insieme verso l'Africa. Per allora anche Giacomo sarà diventato un gabbiano e lo porterò via con me.

Devo andare a prendere Giacomo. Stanotte. Non posso lasciarlo con il cane.

Le cicogne non sono egoiste. Pensano ai loro piccoli, prima di tutto. E poi Giacomo mi aiuterà a costruire il nido. Dovrà essere il più grande che si sia mai visto. Il più bello.

Sta cambiando il vento. Forse arriva un temporale.

Mi vedi, papà? Sono quassù. Vicino a te. Sì, su questo vecchio campanile abbandonato. Non c'è neppure la campana, ma il tetto va benissimo. Io ti vedo sempre così. Quando c'era il temporale spesso mi portavi sotto il portico che c'è sulla passeggiata con un bastone di legno in mano per non attirare i fulmini.

Avevamo gli stivali e l'impermeabile, io rosso fuoco con Paperino sulle tasche.

Il temporale è qualcosa che ti lega al cielo. Dicevi sempre questa frase, ma io non mi annoiavo a sentirla. Era una frase quieta. Una frase con il dolce dentro. Come quelle torte che fuori non sembrano per niente gustose e poi invece dentro scopri che sono farcite di panna. Guizzavano i lampi verso le colline e io chiudevo gli occhi per la paura e poi contavamo i secondi fino allo scoppio del tuono.

Ogni secondo è circa un chilometro. Quanti chilometri questo lampo? È lontano da noi, vero? L'acqua veniva giù e tu, papà, la guardavi con malinconia, e io la guardavo dentro i tuoi occhi, e così mi è venuta questa voglia di pioggia e di temporali che per una cicogna è davvero una cosa strana.

Ci sono i pesci luna che al largo dove non li osserva nessuno si sdraiano sul dorso e prendono il sole. A pancia in su. Pesci seri che possono arrivare ai due quintali di peso. Certe cose sembrano senza senso. E invece ce l'hanno.

Lo struzzo a volte sembra un ubriaco. Barcolla con le ali che sembrano paralizzate.

Lui che può raggiungere anche i cinquanta chilometri orari. Eppure.

Quindi che importa se mi piace la pioggia? Io sono una cicogna vera lo stesso.

Sto cominciando a pensare da cicogna, papà, e non so se adesso i pensieri saranno uguali a prima. Avrò il cervello più piccolo e guarderò il cielo più volte di prima. Devo studiare i venti, controllare se arrivano i temporali. Forse i temporali non mi piaceranno più. Ma papà, sono sicura che non mi dimenticherò mai di te. Sto anche imparando a salutare allungando il collo e poi piegandolo verso il dorso. Saresti orgoglioso di me, papà: sono bravissima e molto elegante, come le modelle alla tivù.

Qui, poi, sono al sicuro dal potere.

Il cane aveva il potere su di me. Ora lo capisco. Sono dovuta diventare cicogna per capirlo, ma vabbe', va bene lo stesso.

Il potere era l'odore del cane, ma da quassù si sente solo l'odore di mare.

Ora con le ali, con il collo, con il becco e tutto, non c'è più il potere. Sono libera, libera, papà, e posso solo volare.

Nella muffa, dentro la stanza il potere era una cosa enorme, più grande di un elefante, e mi schiacciavano tutti con il fiato, con l'odore di cattivo, con i sogni storti.

Ora non ho più vestiti da togliermi, ora ho solo le penne, e quelle non si possono togliere neppure per fare il bagno.

Ora, papà, sono quieta.

Sulle palle quadrate

Cosa le sarà successo, cosa, Antonio?

La mamma di Lorena si sposta dalla finestra al telefono in cerca di pace. Ma non riesce a trovarla. Il patrigno tira fuori la lingua in continuazione e si bagna le labbra. Vorrei dirgli che fa un po' schifo e che si bevesse un bicchiere d'acqua.

Sei sicura, cara, che non veniva da te?

Sono sicura, cara. Oggi doveva essere il mio compleanno, ho lasciato la tavola piena di crostate alle more, bigné, pasticcini, torte salate, e mia madre aveva superato se stessa con una quiche Lorraine in onore della mia compagna di banco.

Lo zio Piero sta seduto su una poltrona e sembra pensieroso.

Abbiamo telefonato anche agli ospedali, Piero, oddio, ho bisogno delle mie medicine.

Lui la guarda tenendo le dita della mano sopra gli occhi come se gli facessero male.

Lascia perdere, Grazia, non sei tu che hai bisogno di aiuto, è tua figlia, capisci?

Certo che deve capire, se glielo dici così. Bene. Ha ragione Martina. Lo zio Piero è uno che sa come pettinarsi. Finalmente qualcuno che ragiona. O almeno che ragiona come me. No, non è che il mio fosse un ragionamento così preciso, come l'ha fatto lui in quattordici parole, le conto, quindici. Il mio piuttosto era qualcosa che stava sulla punta del cervello e stentava a venir fuori. Accidenti, signora, la smetta di pensare alle sue medicine e ai nervi che saltano. Non adesso almeno. Adesso c'è bisogno di un cervello che pensi e che pensi in fretta. C'è bisogno di una mamma per niente distratta. Non si accettano strilli ed esclamazioni, non si accettano parolacce e frasine con la voce in falsetto. Non ci vuole neppure un supereroe con i mantelli svolazzanti, c'è bisogno di una mamma con le palle quadrate. E guardi, signora, che se uso questa espressione mi deve capire, perché me l'ha insegnata mia madre, la tiene per qualche occasione e la riprende dai ricordi di quando faceva la rivoluzione e credo che adesso ci stia bene, perché questo non è un film, questa è una cosa peggio di un film e peggio del telegiornale.

Poi, detto questo, mi sento inutile là dentro. Mi fermo un attimo solo nel corridoio, a buttarmi dentro un girasole. La porta di una camera è aperta. Due lettini, una scrivania, un tappeto, i giornalini di Giacomo in ordine sul comodino. Sul tavolo un carboncino abbandonato, quasi avesse terminato di rotolare in questo momento su un foglio.

Mi avvicino. Lorena. Mi rendo conto guardando il disegno, bellissimo, da togliere il fiato, da quanto tempo stai chiedendo aiuto e il massimo che siamo stati capaci di fare è stato darti della pazza.

Fuori del portone Gianluca parla con Martina. Hanno un motorino e una bicicletta.

Cammino lentamente, attraverso la strada. Mi fermo. Guardo verso la finestra dell'appartamento e vedo il volto del patrigno che appanna i vetri.

Io so. Anche se non capisco. Io so.

Ci sono tutti, tutti i compagni di classe. Si sono messi a cercarla.

Gianluca, tu sai niente sulle cicogne?

Sugli occhi delle cicogne

È facile quando sei cicogna dimenticare il dolore. Sì, perché devi pensare a sopravvivere, a nutrirti, a farti la casa, a evitare i predatori. Quando non ero cicogna non li riconoscevo facilmente, i predatori. E così venivo schiacciata. Da cicogna le cose sono più chiare.

Ancora non so se ho preso gli occhi da cicogna, però ci vedo bene anche se è notte fonda. Sul campanile i piccioni dormivano, quando mi sono mossa due o tre si sono svegliati e si sono presi un po' paura.

Mi è dispiaciuto abbandonare il campanile, soprattutto non avrei voluto lasciarti, papà. Ma vedi, Giacomo, anche se tu non lo conosci bene, ha sempre avuto me vicino nella sua vita. Non può abituarsi a non avermi. Quando è nato mica ero tanto contenta. All'inizio. Poi, quando sono dovuta andare nella muffa della stanza, allora lui era quello che mi salvava.

L'odore di latte era ciò che speravo di sentire e molte volte lo sentivo davvero. E mi quietava. E poi io con Giacomo ho fatto un patto. Mica posso ignorarlo adesso che io sto bene, con te, papà, e con i piccioni.

Lo devo portare via dal cane. Se il cane si arrabbia e lo fa andare lui al posto mio nella muffa della stanza, allora Giacomo ne morirebbe. Lui non ha imparato a diventare gabbiano. Se uno non è gabbiano o cicogna, nella muffa della stanza muore perché non riesce a sparire. Rimane, e se rimani ti viene il dolore. Se non ti sbucano ali e becco ti viene il dolore fortissimo. Conviene che mi muova.

La finestra del bagno rimane sempre aperta, inverno ed estate, per via che il cane fuma e così l'odore di sigaretta se ne va.

Dormono tutti. La porta della camera della mamma è chiusa. Meglio così. Non vedo lo zio. Forse è uscito, chissà. Meglio. Giacomo dorme girato su un fianco, la coperta è scivolata di lato. La riaggiusto. Ma no, cosa faccio! Lo devo svegliare. Piccolo, piccolo, con i capelli lisci e morbidi come piume. Svegliati, devi svegliarti.

Ehi, Lorena, sei tornata!

Sst! Per carità, fai piano.

Perché? Dove sei stata? Ti hanno cercata tanto! Anche i

tuoi compagni di scuola, la mamma, lo zio Piero.

Dobbiamo andare via. Fai in fretta.

Perché?

Non farmi domande difficili, Giacomo, non adesso.

Vabbe', io vengo, ma aspetta. Ho trovato una cosa.

Apre la federa del cuscino e tira fuori dei pacchetti. Sembrano pacchetti. Sono soldi. Tanti. Tutti i soldi che i cani dall'odore cattivo hanno dato al cane per guardarmi. Per farmi diventare brutta.

Ma adesso che sono cicogna, non mi servono più. Anzi.

Bastano per la PlayStation? Sai dove li teneva? Nelle scatole delle scarpe, quelle vecchie che stanno nel ripostiglio. Sei sicura che bastano per quella come Valerio?

Credo di sì, vestiti. Devo fare una cosa.

E certo che devo farla. Non sono più la preda, adesso. Tu vorresti prendermi, cane, ma io ho le ali. Oh, sì. Io ho le ali. Oh, sì. Le sento, sono forti, decise. Se ti avvicini adesso io ti spazzo via con le mie ali.

Vorrei entrare nei tuoi sogni con le mie ali. Entrerò nella realtà.

Vieni, tesoro, andiamo via, andiamo via!

Scusa, Lorena, ma perché non hai le scarpe?

Sulle feste corali e su Einstein

Cosa significa che vuol diventare una cicogna? Per caso vuol portare i bambini col becco? Ridacchia.

Il Carresi è il più difficile da convincere. Non è che sia facile neppure per me. Ma credo di aver capito. Non lo so con che cosa lo ho capito. Mia madre dice che devo lasciare queste supposizioni a chi ha studiato psicologia e conosce il comportamento umano. Ma loro non conoscono Lorena come me. Non ce l'hanno avuta vicino cinque ore al giorno per sei giorni la settimana per duecentoventidue giorni.

L'ho dovuto dire ai miei compagni, altrimenti rischiavamo di cercarla nei posti sbagliati.

Le cicogne non possono stare in queste zone. Vedi cicogne intorno a te? Vivono in gruppo.

Martina ha fatto una specie di ricerca. Vedi, Lorena, cosa sei capace di fare? Di far studiare Martina.

E poi nidificano in alto.

Giorgio lo dice serio, guardando Gianluca e poi me. Uno che si fida.

Giusto: nidificano in alto. La dobbiamo cercare in cose alte. Non dobbiamo perdere tempo a cercare tra i cespugli, nei fossi. In alto.

Già, ma dove? Dobbiamo andare per le colline? Sugli alberi? Come facciamo?

Mariella con l'hobby della pigrizia. Gli zatteroni poi non consentirebbero la presa sul terreno, cadrebbe cento volte e le sue lamentele impedirebbero ai lillà di fiorire.

Vedi, Lorena, cosa stai combinando? Sei una catastrofe. Ci hai riuniti qui a casa mia il giorno del mio compleanno, non per mangiare i bigné né per ballare né per ascoltare la techno music. Ci hai riuniti perché dobbiamo decidere dove cercarti. A qualcuno neppure manchi, qualcuno neppure sa che tu sei la mia compagna di banco, l'unica compagna di banco che io non sia riuscita a sopportare cinque ore intere. Eppure.

Senti, Anna, lasciamo perdere, è pazza.

Già, Lorena, sei pazza. Su questo non ci sono dubbi. I pazzi fanno cose senza senso come strofinarsi le spalle o massaggiarsi le gambe o non disegnare puntini.

Ho letto che in una regione del centro, l'Umbria, mi

pare, in una città c'è una festa dove si portano a correre degli enormi ceri. Uomini, grossi, fatti e finiti, che si ammazzano per trasportare ceri grossi come vagoni di treni, e in più ce la mettono tutta per fare prima di altri che trasportano la stessa cosa. Vincono. Niente. Cioè, sono i primi ad alzare il cero con l'immagine di un santo. Sono i primi. Fino al prossimo anno.

Anche questo sembra senza senso. Una cosa da pazzi. Dicono che sia una cosa bellissima, una festa corale. Ho letto che anche Einstein visitando questa città e trovandosi in mezzo alla festa ne rimase affascinato. Non pensò che fossero pazzi. Pensò che quella festa fosse un modo per far cantare nello stesso momento tutti gli individui di una città.

Vedi, Lorena, sei una cosa corale. Scusa, una persona che riunisce. Come davanti al focolare, vabbe', davanti a un termosifone, anche se non è la stessa cosa del focolare, ma il focolare chi ce l'ha più?

Mi guardano tutti. Gianluca mi prende la mano. A me mi prende un colpo. È che non me l'aspettavo. Forse mi è spuntato un altro brufolo, o la mia pelle stragrassa sta gocciolando olio per terra.

Mi prende la tentazione di guardare il pavimento.

Non è pazza, vero, Anna?

Lo dice calmo, tenendomi sempre la mano, beato lui, io mi sento come se avessero messo il mio intestino nel frullatore.

Credo di no, ma che dico! Ne sono sicura. Lorena credo

abbia dei... delle... non so. Credo che qualcuno le abbia fatto male. Molto male.

E perché non lo dice? Cavolo, fai che qualcuno faccia del male a me e poi lo vede.

Carresi, lo spaccamontagne.

Forse perché se non lo dici speri che scompaia. Speri che sia stato uno sbaglio.

Già. E poi credo che ci si senta anche in colpa.

Martina. Amica. Stiamo crescendo in fretta.

Cavolo. E chi sarebbe questo schifoso?

Sospiro e non parlo. Non parlo. Non abbiamo prove. Non si mette in croce uno senza prove. Quei magistrati accusati di essere amici con la mafia. E poi non lo erano. Quei politici accusati di aver intascato soldi che erano di altri. Ma poi non lo avevano fatto. Le prove. Oh, cavolo. Che stupida. Le prove.

Gianluca, cerca Lorena con gli altri. Io e Martina dobbiamo fare una cosa.

Sul cellulare color limone

Guarda che più giù di qua l'autobus non ci va. Torna indietro.

Allora scendiamo, dai. È qui che l'hai vista?

Qui. Boh! Senti, Anna, non lo so. È inutile che insista. La mamma si era persa per cercare l'omeopata e siamo capitate in un posto, simile a questo, forse questo, non lo so. La zona è la stessa.

Ma ti ricordi di aver visto, non so, una fontana, un monumento?

E ti pare il posto da fontane e monumenti? Qui ci portano via anche le dentiere.

Smettila, Martina, noi non abbiamo le dentiere.

Allora ci portano via i denti. Ho paura, Anna, andiamocene.

Occhei.

Sai cosa c'era? Un vuccumprà che vendeva i telefonini. L'ho notato perché ci muoio dietro, a quello color limone. Ne aveva uno così sulla coperta dove esponeva la merce. Ho detto anche alla mamma di fermarsi per sentire quanto costava. Tanto per sapere.

Bene, dai, Martina, vicino al vuccumprà cosa c'era? Dietro, magari.

C'era Lorena che passava con la camicetta al rovescio e una scarpa slacciata. Roba da prima pagina.

Sì, Lorena, ma qualche negozio. Possibile?

Mmm, sì, una gelateria, un buco. La scritta gelateria non si vedeva quasi. Ho pensato che sembrava più una geriatria e ci ho riso sopra. Accidenti, quanta roba sto ricordando.

Guarda laggiù, all'angolo, era quella?

Sì, Anna, era quella. E di là ho visto uscire Lorena.

Sul nido di soldi

Perché siamo venuti quassù, Lorena? Io ho paura.

Ci sono io.

È strano questo posto. È alto.

Oh, sì, deve esserlo, così nessuno ci prenderà.

Chi ci vuol prendere?

I cani.

Ma a me i cani non fanno tanta paura.

A me sì. Anche la loro saliva.

Ah, sì, hai ragione, quella è un po' schifosa, ma ti lavi e va via.

No, certe volte non va via.

Cosa dobbiamo fare?

Costruire il nido.

Ah! Mi piace tanto costruire. Sono bravo col Lego. Tu sei più brava, però.

Senti, Lorena, dobbiamo usarli tutti, i soldi, per costruire il nido? Non potremmo lasciarne un po' per la PlayStation?

Li mettiamo tutti, Giacomo, così avremo caldo, e poi i gabbiani amano altri giochi. Te ne insegno qualcuno?

Sul cuscino di vetro

Bene, le prove ci sono. Martina piange. Io non riesco a parlare.

Gianluca mi guarda preoccupato. So che vorrebbe tenermi la mano, so che è arrabbiato con me perché non gli ho detto cosa avevo intenzione di fare.

Ci hanno picchiate. Siamo scappate. Io sono fortunata. Fortunata. Lorena no.

A casa di Lorena c'è l'ambulanza e i carabinieri. Saliamo, io e Gianluca, e le urla arrivano improvvise, violente. Il portone è spalancato. I vicini sono tutti lì che sonnecchiano con le parole. È stata la pazza.

È tornata e ha portato via Giacomo.

Antonio urla mordendosi le mani e la saliva gli cola sul mento. Sta seduto mentre un dottore guarda i suoi piedi e ha una pinzetta in una mano. Ha un occhio chiuso, già bendato.

Il sangue esce a macchiare gli asciugamani che ha portato la mamma di Lorena.

Antonio ha i piedi pieni di scaglie di vetro. Alcune brillano alla luce della piccola torcia che l'infermiere tiene accesa perché il dottore non si sbagli.

Meglio che si sbagli, dottore, e tolga il piede intero.

Come ha potuto farlo, come ha potuto!

Ripete la frase con convinzione finché non inciampa nei miei occhi. Allora riprende il lamento.

La mamma di Lorena mi vede.

Deve essere venuta qui stanotte. Dormivamo, Piero era dai Carabinieri. Ha portato via Giacomo e ha cosparso la nostra stanza di vetro frantumato. Solo metà stanza, veramente. E il cuscino di Antonio. Dalla mia parte non ce n'era. Così quando mi sono alzata non mi sono accorta di nulla, poi si è alzato Antonio e ho sentito le grida. Ma perché l'avrà fatto. Povera figlia mia.

Già è un passo avanti, chiedersi perché l'ha fatto.

Voleva distruggere gli occhi. Io avrei fatto molto peggio. È ora che li apriamo, gli occhi, signora. È ora di uscire dalle pastiglie, signora, e guardare bene, benissimo. E sua figlia non è povera. È solo molto, molto sola.

Mi guarda stranita.

Non mi guardi così, sa. Le pare normale che una ragazzina debba occuparsi di tutto, da un bambino poco più piccolo di lei al pranzo da cucinare ai girasoli da disegnare?

È stato un periodo brutto per me

Si fa presto a dire un periodo. Vado per un periodo a Londra. E uno mica ci rimane degli anni senza neppure fare una telefonata.

Mi guarda stranita, ancora di più. Ma lui no. Lui sa. Io so. Io so e stavolta non è un'impressione.

Un carabiniere mi osserva e mi sorride. Ha in mano delle penne grigiastre. Penne di uccello, non di cicogna, sono di piccione, dice. Mio padre ne allevava, dice, gli costruiva delle casette tutte colorate. Li conosco bene, i piccioni. Ne abbiamo trovate per tutta la casa.

Ho uno zigomo scuro. Il carabiniere continua a guardarmi serio. Il Livido. Compassione. Gentilezza.

Lorena non ne ha mai avute. Le ferite, le sue, non erano di fuori. Mi monta la rabbia. Voglio essere pazza anch'io, come mia madre che protestava nelle piazze e diceva palle quadrate e fumava e beveva birra.

Gianluca mi prende per le spalle.

È finita, vorrei dirgli. Hai finito. Ho mandato i carabinieri in quella stanza orribile, orribile, con la porta e in alto lo sportellino che si apre e si chiude e di là c'è la mia compagna di banco, Lorena, che non disegna i puntini ma solo i girasoli e di qua chissà, non si sa, tanti, tanti che pagano soldi per vedere la mia compagna di banco anche se si strofina le spalle e se si massaggia le gambe. Non vedono cicogne, non ci riescono, poveretti. Vedono solo un corpicino come il mio, anche se il tuo è più bello, senza cellulite, che sta seduto o sdraiato o in piedi a farsi penetrare dal freddo e dalla muffa.

Ho mandato la polizia e se avessi potuto avrei preso una bomba e ce l'avrei lasciata.

Il vecchio, una specie di portinaio, appena ci ha viste ha capito male. Ha creduto che anche noi fossimo lì per farci vedere. Si è lamentato del fatto che non lo avvertono mai in tempo e di questi tempi può succedere di tutto. Devono avvertirlo. Altrimenti!

E poi, quando Martina ha cominciato a vomitare, vomitare davvero dalla paura, ha cominciato a picchiarci. Ma era un vecchio. Noi eravamo due. Forti, senza ali, ma forti.

Lui sa. Il vecchio sa tutto. E parlerà. Oh, sì, signor Antonio. Padre dei cani. Lui parlerà.

Sulla Regina dei Piccioni

Se ha preso suo fratello, allora vuol dire che non è ancora troppo tardi. Ma soprattutto perché si è, come dire, vendicata. Ribellata. Ce l'ha fatta, anche se, come dite voi, e vi credo, si crede una cicogna.

Lo zio di Lorena ha avuto un'idea. Lui ha visitato una regione francese dove le cicogne sono una benedizione. Sa quasi tutto sulle cicogne.

Ma io so dove si possono trovare i piccioni.

Se ne sta rannicchiata, dorme. Giacomo è tra le sue braccia. Dorme. I piccioni gli stanno attorno, come a fargli la guardia. Ci si potrebbe inventare una fiaba su di te: la

Regina dei Piccioni, che aveva un regno in un vecchio campanile del 1200 o giù di lì. C'è un affresco dentro che gli stanno morendo addosso i colori.

Allora la fata ordina ai piccioni di prendere i pennelli e di ridare i colori.

I piccioni prendono i colori e disegnano mille cicogne. Così non si sa se quell'affresco è del 1200 o giù di lì. È solo della Regina dei Piccioni.

Il signor Piero prende con delicatezza Giacomo tra le braccia. Vedo il bambino che sorride.

Non ho avuto i sogni storti, sai, zio. Ha detto Lorena che non ne avrò più.

Sulle compagne di banco vere

Cara compagna di banco,

oggi la Prof di disegno ha portato, indovina? No, non indovineresti mai! Una vasca con i pesci rossi. Tutti ci siamo chiesti a quale fiera li ha vinti. Per prima cosa ci ha chiesto di procurarci per domani del mangime per i pesci. Chissà da quanti giorni non mangiano.

Così noi abbiamo disegnato scheletri di pesci nella vasca e lei si è arrabbiata un po'. Poi ha riso. Non è male. A Martina per fortuna il seno destro è cresciuto come il sinistro, così è meno paranoica, almeno fino al prossimo ormone. Però ci stressa tutti col telefonino color limone. Controlla ogni minuto se ha i messaggi registrati, ha dato il suo numero a tutti, penso che anche il Presidente della Repubblica l'abbia ricevuto con la Postacelere.

Io continuo ad avere i brufoli, adesso si sono concentrati tutti sulla fronte, così mi sono tagliata i capelli con la frangetta. La mamma dice che è peggio perché così non respirano. E chi se ne importa, dico io. Meglio, se non respirano, che schiattino subito.

Ieri sera sono andata in pizzeria con Gianluca. Be', era il suo compleanno, e quando mi ha baciata ho creduto di avere la pizza bollente nel palato. È stato un bacio con la mozzarella e l'odore dei capperi. Bello.

Credo di essermi strainnamorata. Mio padre mi ha detto che quando uno è innamorato non pensa alle rivoluzioni. Credo che sia perché si sente la rivoluzione dentro e ti impegna tutto il tempo per gestirla. Chi se ne... tanto io non ho mai pensato a fare le rivoluzioni. E poi ero tutta concentrata a nascondere quel bacio. Non ci crederai, Lorena, ma ero convinta che sulle labbra fosse rimasta come una vernice fosforescente, o peggio, lampeggiante. Non ho fatto altro che andare allo specchio a controllare, ma si può essere più sceme?

Qui fa ancora caldo, è un ottobre col sole tosto, siamo in terza media e ci sono gli esami. Sono cinque mesi che te ne sei andata. Mi manchi.

Nella tua parte di banco ho messo sulla sedia la cicogna che ho trovato a casa tua.

Non ci viene nessuno.
Perché tu sola sei la mia compagna di banco.
Ciao.

Anna

Cara compagna di banco,
Anna,
ciao.

Vorrei averti qui con me. Per dirti le cose che avrei voluto dirti tempo fa. Per farti vedere queste cose meravigliose.

Vado in una scuola francese per italiani. Non è male. Abbiamo un insegnante di disegno con i baffi che non vuol saperne di nature morte, adora l'astrattismo. Io disegno, sì. Disegno. Moltissimo.

Lo zio Piero è gentile e non ci invade. Giacomo gli obbedisce come un soldato. Giacomo sta imparando i problemi con la sottrazione. Io sto imparando a camminare senza le ali e studio a memoria gli articoli della Costituzione. Lo zio Piero dice che è un buon modo per dormire bene, con i sogni diritti. Hai capito la battuta? Sì, rido, non so da quando lo faccio, e pensa che lo faccio con le labbra. Credo di aver cominciato quando lo zio ci ha portati a vedere un paese dell'Alsazia.

Lo zio ha detto sacré quando una cicogna gli ha portato via il cappello.

Capisci, ma chérie (sto imparando il francese), la città

delle cicogne. Mi ha fatto questa sorpresa. Tu non ci crederai, nessuno se non l'ha visto può crederci, ma il frullare d'ali ti entra dentro come un suono che parte dalla pancia. E gli occhi ti diventano pieni di movimenti. Ho pianto, e lo zio diceva che dovevo continuare, che col mio pianto dovevo come minimo formare un fiume, che avrebbe dovuto riempire un lago perché lì c'era poca acqua e così le persone sarebbero corse a costruire barche, così mi sono messa a ridere.

Ridere è come volare, è come essere già cicogne.

Mio zio da poco ha la fidanzata. Dovresti vederla, ha i denti in fuori e parla con il naso. Uno spasso. Però è una studiosa di archeologia e mi aiuta con la storia. E poi è simpatica. Cucina robe con cipolle e aglio da farti vomitare.

Quando la sera escono insieme, arriva la babysitter, un donnone che fuma come una ciminiera e che racconta storie da brivido su streghe e maghi. Le racconta in francese e in italiano, ma Giacomo ha paura lo stesso, anche se non capisce tutte le parole. Giacomo ogni volta che le passa davanti s'inchina. Secondo lui è una maga travestita da orco.

Mi manchi. Soprattutto mi mancano le parole che in quasi due anni non ci siamo mai dette. Mi mancano i foglietti che cadevano sul mio banco e che non ho mai letto. Ma sai.

Ti devo dire grazie? È inutile, vero? Tu lo sai che devo a te questa lenta guarigione. Lenta, ma guarigione.

Mamma mi telefona una sera sì e l'altra no. Credo che

lo zio le abbia proibito di parlarmi dei suoi guai. Mi racconta poco. Comunque credo che si stia riprendendo. Prima di riattaccare non ce la fa e piange. Mi dispiace, che lei pianga, ma io adesso voglio ridere.

Domani lascio un messaggio alla segreteria di Martina, così le faccio una sorpresa.

Scrivimi ancora, e ti prego, lasciami il mio banco, anzi la metà del nostro banco.

Sono già passati cinque mesi! Accidenti. Lo zio Piero mi dice sempre di non far caso al tempo, tanto lui non si muove. Carina, vero?

Tornerò presto. Presto.

La Lorraine non è poi tutto questo splendore, se non ci sei tu. Anna.

Ah, sono felice dei seni di Martina, diglielo, sono felice del mangime per i pesci e soprattutto sono felice di te e di Gianluca, lui è uno che sa come pettinarsi, non è vero? Sono felice di molte cose, e di questo sono felice.

La tua compagna di banco Lorena

Indice

Oltre

Luigi Ballerini, *In ogni istante*
Clive Barker, *La casa delle vacanze*
Edward Bloor, *London Calling*
John Boyne, *Il bambino con il pigiama a righe*
Meg Cabot, *Una ragazza americana*
Aidan Chambers, *Cartoline dalla terra di nessuno*
Aidan Chambers, *Danza sulla mia tomba*
Aidan Chambers, *Quando eravamo in tre*
Nicola Cinquetti, *Di acqua e di fuoco*
Andrew Clements, *La pagella*
Andrea Cotti, *Iso*
Andrea Cotti, *Stupido*
Delia Ephron, *Tanti piccoli pezzi di me*
Loredana Frescura, *Ti giuro che l'amore c'è*
Liz Gallagher, *Il contrario di invisibile*
Randa Ghazy, *Oggi forse non ammazzo nessuno*
Roberta Grazzani, *Poppi e Tatti*
David Levithan, *Boy Meets Boy*

Gianfranco Liori, *La mia scuola e altre cose spaventose*
Brigid Lowry, *Con tanto amore, Georgia*
Beatrice Masini e Roberto Piumini, *Ciao, tu*
Georgia Manzi, *L'ultimo segreto*
Graham Marks *Tokio*
Natalia Nussinova, *Il diritto di amare un cane*
Christopher Paolini, *Eragon*
Christopher Paolini, *Eldest*
Anna Parola e Alberto Arato, *La Banda degli Scherzi*
Federica Pellegrini, *Mamma, posso farmi il piercing?*
Rodman Philbrick, *Basta guardare il cielo*
Silvia Schiavo, *Cessetto*
Guido Sgardoli, *JJ contro il vento*
Polly Shulman, *La ragazza che voleva essere Jane Austen*
Dodie Smith, *Ho un castello nel cuore*
Beatrice Solinas Donghi, *Una scatola di latta celeste*
Andrea Valente, *Sotto il banco*
Jenny Valentine , *La signora nella scatola*
Cecily Von Ziegesar, *Gossip Girl*
Cecily Von Ziegesar, *Gossip Girl – Mi ami, vero?*
Cecily Von Ziegesar, *Gossip Girl – Voglio Tutto*
Cecily Von Ziegesar, *Gossip Girl – Perché me lo merito*